Defoe, Daniel

Denkwürdigkeiten eines englischen Edelmannes aus dem großen Kriege

CLASSIC PAGES

Defoe, Daniel

Denkwürdigkeiten eines englischen Edelmannes aus dem großen Kriege

Reihe: *classic pages*

ISBN: 978-3-86741-570-5

Auflage: 1
Erscheinungsjahr: 2010
Erscheinungsort: Bremen, Deutschland

© Europäischer Hochschulverlag GmbH & Co KG, Fahrenheitstr. 1, 28359 Bremen (www.eh-verlag.de). Alle Rechte beim Verlag und bei den jeweiligen Lizenzgebern.

Es kann nach meiner Vermutung beim Leser nichts verschlagen, wenn ich ihm meinen Namen verberge, und es mag genug sein, wenn ich ihm sage, dass ich aus der Grafschaft Shrewsbury gebürtig bin. In welchem Gestirn meine Geburt gestanden, habe ich niemals nachgeforscht, bin auch kein Astrologe, eine Untersuchung darüber anzustellen, indes glaube ich, dass der Verlauf meines Lebens mich hinlänglich berechtigt, einen außerordentlichen Einfluss des Himmels bei meinem Erscheinen auf dieser Welt anzunehmen.

Die Zuverlässigkeit oder Unzuverlässigkeit der Träume mag sein, wie sie wolle, meine Mutter wenigstens gab sehr viel darauf und hatte, wie ich mit eigenen Augen auf dem ersten Blatte ihres Gebetbuches gesehen habe, sehr genau jeden besonderen Traum aufgezeichnet, den sie während ihrer Schwangerschaft mit mir als ihrem zweiten Sohne gehabt hatte.

Einmal, wie sie vermerkt, hatte sie geträumt, sie wäre von einem Regiment Reiterei entführt und unter freiem Himmel von einem Sohne entbunden worden; auf seinem Rücken wären zugleich zwei Flügel gewachsen, mit denen er nach einer halben Stunde davongeflogen wäre. Und gerade am Abend vor ihrer Niederkunft mit mir träumte ihr, dass sie einen Sohn zur Welt gebracht, und dass die ganze Zeit über während der Geburt ein Mann unter ihrem Fenster gestanden hätte, der die Feldpauken geschlagen und sie dadurch sehr beunruhigt hätte.

Mein Vater, ein Mann von einem sehr ansehnlichen Vermögen und aus einer Familie, die mit vielen Häusern des ersten Adels nahe verwandt war, lebte ungefähr sechs Meilen von Shrewsbury, wo er angesessen war. Meine Mutter hatte sich, ich weiß nicht zu welchem Geschäfte, in jener Stadt befunden und mich unvermutet dort im Hause einer Freundin frisch und gesund zur Welt gebracht.

Obschon ich der zweite Sohn meines Vaters war, genoss ich trotzdem einen größeren Anteil seiner Liebe und Achtung, als im Allgemeinen die jüngeren Söhne der adeligen Familien in England zu genießen pflegen. Und da mein Vater überdies an mir besondere gute Anlagen wahrzunehmen vermeinte, so verwandte er eine ungewöhnliche Sorgfalt auf meine Erziehung.

Er suchte die fähigsten Männer aus, um mich in allen Kenntnissen und Wissenschaften unterrichten zu lassen, die man für nötig hielt, um einen jungen Edelmann für die Welt brauchbar zu machen. Als ich 17 Jahre alt war, brachte er mich in der Überzeugung, dass eine akademische Erziehung einem vom Stande besondere Vorzüge gäbe, und dass ich die nötigen Fähigkeiten dafür besäße, in das Wadham College nach Oxford, wo ich drei Jahre verblieb.

Obschon ich Geschmack an Büchern hatte, wollte mir doch das eintönige Leben ganz und gar nicht gefallen. Es war mir nicht zur Pflicht gemacht worden, Jurist, Mediziner oder Theologe zu werden, ich schrieb also meinem Vater, dass ich glaubte, für einen Edelmann lange genug in diesem College gewesen zu sein, und dass ich wünschte, ihn mit seiner Erlaubnis zu besuchen.

Ich nahm in Oxford zwar an jeder Art von Unterricht teil, meine Lieblingsgegenstände aber blieben Geschichte und Geografie, weil diese Wissenschaften meinem Geiste die beste Nahrung gaben, denn durch die eine erfuhr ich, welche großen Taten in der Welt vollführt, durch die andere, wo sie getan worden sind.

Mein Vater war mit meinem Wunsche nach Hause zu kommen sogleich einverstanden, denn außerdem, dass er einen dreijährigen Aufenthalt auf der hohen Schule für lange genug hielt, liebte er mich mit einer so außerordentlichen Zärtlichkeit, dass er bereits ernstlich für mich auf eine Versorgung in seiner Nachbarschaft bedacht war.

Ich reiste nach Hause, mein Vater empfing mich mit der größten Zärtlichkeit, fand viel Vergnügen an allen meinen Antworten und schien sich gern mit mir zu unterhalten. Meine Mutter, welche nie etwas anderes wünschte als mein Vater und welche ihn ebenso herzlich liebte, als sie von ihm geliebt wurde, empfing mich ebenfalls sehr freudig. Ich fand die Zimmer schon für mich eingerichtet und Pferde und Bediente auf mich warten.

Mein Vater ging niemals ohne meine Begleitung auf die Jagd, die er in hohem Maße liebte, und ich wurde seinem Herzen beinahe noch teurer, als er fand, dass auch mir dieser Zeitvertreib viel Freude machte.

Auf diese Art hatte ich mit allen nur möglichen Vergnügungen, die ich genießen konnte, beinahe ein ganzes Jahr zugebracht, als ich eines Morgens mit meinem Vater auf die Hirschjagd ritt. Die Jagdbeute war an diesem Tage gering, da wir nur wenige Meilen vom Schlosse entfernt waren. Und da wir noch Zeit genug hatten, ritten wir ziemlich langsam nach Haus, währenddessen er die Gelegenheit ergriff, mit mir eine Unterhaltung zu beginnen, auf welchem Wege er mich zu versorgen gedächte.

Er erzählte mir mit einer unverkennbaren Zärtlichkeit, dass er mich von allen seinen Kindern am meisten liebe, und dass er deswegen gesonnen sei, etwas Besonderes für mich zu tun. Nachdem mein ältester Bruder bereits verheiratet und versorgt sei, so hätte er die nämliche Absicht mit mir und schlüge mir derhalb eine sehr vornehme Verbindung mit einer jungen Lady vor, die außer einem sehr großen Vermögen noch die seltensten persönlichen Vorzüge besäße. Er erbot sich außerdem, mir ein jährliches Einkommen von 2000 Pfund auszusetzen, und dies könne er tun, wie er mir sagte, ohne den Familienbesitz dadurch nur im geringsten zu vermindern.

Es war soviel Zärtlichkeit in diesem Vorschlage, dass ich dadurch im höchsten Grade gerührt wurde. Und ich antwortete, dass ich mich gänzlich nach seinen Anordnungen richten würde.

Mein Vater, der eine sehr feine Urteilskraft besaß, sah mich sehr aufmerksam an und wollte an mir, obwohl ich ohne die geringste Zurückhaltung geantwortet hatte, eine gewisse Unruhe bei seinem Vorschlage bemerkt haben. Er schloss daraus, dass meine Antwort und Bereitwilligkeit mehr eine Folge meiner Bescheidenheit und meines Gehorsams als meiner Neigung und meiner eigenen Wahl war.

Lieber Sohn, sagte er in einem etwas lebhaften Tone zu mir, ich habe dir zwar nur meine Gedanken kundtun wollen, allein ich kann es nicht verbergen, dass ich wünschte, sie möchten mit den deinigen übereinstimmen. Doch sollte deine Wahl eine andere sein, so sieh mich nur als deinen Ratgeber, nicht als deinen Befehlshaber an und entdecke mir freiwillig deine Gesinnung.

Ich glaube nicht Einsicht genug zu besitzen, Vater, erwiderte ich mit aller nur möglichen Ehrfurcht, eine so vorteilhafte Wahl für mich treffen zu können als du; trotzdem unsere Meinungen sehr verschieden sein mögen, so bin ich dennoch vollkommen davon überzeugt, dass es das Rechte sein wird mich auf dein

Urteil zu verlassen.

Aus allem, mein lieber Sohn, schließe ich, sagte mein Vater, dass du einen andern Plan hattest, trotzdem du jetzt in den meinigen einzuwilligen scheinst. Und deshalb möchte ich von dir erfahren, was du wohl von mir verlangt haben würdest, wenn ich dir meinen Vorschlag nicht gemacht hätte, und wenn du wünschest, dass ich in andern Dingen ebenso gern auf deine Bereitwilligkeit rechnen soll, so vertraue mir jetzt hierin.

Vater, sagte ich, unmöglich würde jemals meine Wahl auf das gefallen sein, was du mir gütigst vorgeschlagen hast, doch wären meine Wünsche den deinigen gerade entgegengesetzt, so wäre mir doch dein Befehl Grund genug, sie dir zu entdecken, doch erkläre ich im Voraus, dass ich mich gänzlich deinem Willen unterwerfe. Ich kann nicht leugnen, dass ich noch nicht an eine Verheiratung noch an irgendeine andere feste Verbindung gedacht habe, ebenso wenig, als ich an deiner gütigen Sorgfalt für mich zweifeln könnte, doch glaube ich immer, ein Edelmann müsse zuvor etwas von der Welt gesehen haben, ehe er sich für immer an irgendeinem Orte festsetze, und wenn ich dich jemals um irgendetwas bitten wollte, so wäre es nur um die Erlaubnis, eine Zeit lang reisen zu dürfen. Ich hätte dabei die Absicht verfolgt mich so zu bilden, dass ich als ein Sohn zurückkehren würde, der einem so guten Vater nicht ganz unähnlich wäre.

Aber als was willst du reisen, mein Sohn, als Privatmann, als Gelehrter oder als Soldat?

Könnte es als Soldat sein, so hoffe ich, dass ich dir keine Schande machen würde, doch bin ich keineswegs so fest entschlossen, als dass ich mich nicht deinem Ausspruch gänzlich unterwerfen würde.

Vorläufig sehe ich außer Landes keinen Krieg, erwiderte mein Vater, der es wert wäre, dass man ihn mitmachte. Und im Vertrauen gesagt, lieber Sohn, ich befürchte, du wirst nicht nötig haben, Abenteuer dieser Art allzu weit zu suchen, denn die Umstände sehen danach aus, als wenn wir bald in der Nähe alle Hände voll zu tun bekommen würden.

Mein Vater meinte damit ohne Zweifel wahrscheinlich die bevorstehenden Misshelligkeiten zwischen England und Spanien wegen der zurückgegangenen Vermählung des Königs von England mit der Infantin von Spanien, und wegen des andauernden Streites über das Königreich Böhmen und über die Pfalz, denn ich glaube nicht, dass er damals schon an den Bürgerkrieg dachte.

Kurz, mein Vater, der mein heftiges Verlangen in fremde Länder zu reisen sah, gab mir endlich seine Einwilligung dazu, jedoch mit der Bedingung, spätestens in zwei Jahren, oder wenn er es noch früher verlangen würde, zurückzukehren.

Ich hatte in Oxford die Bekanntschaft eines jungen Mannes gemacht, der zwar aus gutem Hause und ebenso ein nachgeborener Sohn war, aber nur ein geringes Vermögen und weniger glänzende Aussichten zu erwarten hatte. Er hatte zuerst den Gedanken zu reisen in mir erweckt, denn er selbst kannte keinen anderen Wunsch, jedoch es war ihm nicht jährlich soviel ausgesetzt, dass er damit hätte standesgemäß reisen können.

Ich war sehr nahe mit ihm befreundet, unsere Ansichten waren ziemlich übereinstimmend, und wir wechselten fast täglich miteinander Briefe. Er besaß einen großzügigen offenen Charakter, war ohne Arglist und ohne Verstellung, von schönem ansehnlichem Wuchse, hatte einen nervigen gesunden Körper, ein einnehmendes Wesen: kurz er war ein Edelmann im besten Sinne.

Er hieß Fielding, aber wir gaben ihm den Beinamen Hauptmann, obwohl dies für ein Oxforder College ein etwas seltsamer Titel war, doch die Natur hatte ihre Schuld daran, denn sie hatte ihm ganz das Aussehen eines Soldaten gegeben.

Ich gab ihm Nachricht von meinem Entschluss zu reisen sowie von der Einwilligung meines Vaters und fragte ihn, ob er mich begleiten wolle. Er antwortete mir, dass er es mit dem größten Vergnügen tun möchte.

Ich ließ ihn abholen, und als mein Vater ihn sah, war er mit meiner Wahl ausnehmend zufrieden. Wir machten einen Reisewagen bereit und fuhren nach London. Am 20. April schifften wir uns in Dover ein, landeten nach wenigen Stunden in Calais und nahmen die Post nach Paris.

Ich will hier den Leser nicht mit einem Reisetagebuch oder mit der Beschreibung von Orten ermüden, die ihm jeder Geograf besser liefern kann als ich. Überdies sollen diese Aufzeichnungen nur Erzählungen von dem enthalten, was uns entweder selbst begegnet ist, oder was sich doch wenigstens vor unseren Augen zugetragen hat. Ich werde mich also nur mit solchen Dingen befassen.

Wir hatten auf unserer Reise nach Paris in der Tat einige sehr merkwürdige Zwischenfälle. Das Pferd meines Begleiters machte einen Fehltritt und wurde dadurch so lahm, dass es keinen Schritt von der Stelle gehen konnte, sondern steif und fest auf seinem Platze stehen blieb. Unser Postillion behauptete, dass es kein anderes Mittel gäbe, als in die Stadt zu reiten, die fünf Meilen entfernt sei, und ein neues Pferd zu holen. Er setzte also auf und ließ uns auf der Landstraße zurück, sodass wir alle beide zusammen nur ein Pferd hatten. Wir folgten ihm so gut wir konnten nach, da wir aber fremd in der Gegend waren, verloren wir bald den Weg und kamen von der Landstraße ab. Ob unser Postillion bald wiederkommen würde oder nicht, konnten wir nicht wissen, und wir würden ihn wahrscheinlich auch nie wiedergetroffen haben, ohne einen alten Priester, den wir durch einen glücklichen Zufall unweit eines kleinen Dorfes trafen, wo der Pfarrer war. Zum Glück konnten wir soviel Lateinisch, dass wir uns mit ihm verständigen konnten, doch auch er sprach es nicht viel besser als wir. Er führte uns mit sich ins Dorf nach seiner Wohnung, gab uns Wein und Brot und bewirtete uns mit bewundernswerter Güte. Er schickte hierauf ins Dorf, mietete ein Pferd für meinen Begleiter und bestellte einen Bauern, der uns wieder auf die rechte Straße bringen sollte.

Bei unserer Abreise machte er uns auf Französisch ein Anerbieten, das wir gerade zur Not verstehen konnten: nämlich dass wir ihm eine Frage verstatten möchten. Auf unsere Versicherung, dass er uns fragen möge, was er wolle, fragte er uns, ob wir wohl noch Geld genug zu unserer Reise bei uns hätten, und ob er uns – dabei zog er zwei Goldstücke heraus – dies als Geschenk oder als Darlehen anbieten dürfte.

Ich erwähne absichtlich die außergewöhnliche Güte dieses Priesters, denn obwohl die Höflichkeit der Franzosen gegen Fremde weltbekannt ist, so ist es doch gewiss etwas ganz Außergewöhnliches, dass man auch sogar mit ihrem Gelde rechnen kann.

Wir antworteten ihm, dass wir keinen Mangel an Geld hätten, dass wir aber durch seine Güte aufs Äußerste gerührt seien. Ich für meine Person versprach ihm besonders, wenn ich am Leben bliebe, ihn wieder zu besuchen, um ihm meine Dankbarkeit zu beweisen.

Der Zufall mit unserem Pferde war, wie wir nachher erfuhren, wirklich ein Glück für uns gewesen. Wir hatten unsere beiden Bedienten in Calais zurückgelassen, damit sie unser Gepäck nachbringen sollten, weil zwischen dem Kapitän des Paketbootes und dem Beamten des Zollhauses ein Zwist entstanden war, der nicht gleich beigelegt werden konnte. Unsere Bedienten folgten uns, so schnell sie konnten, wurden aber zur selben Zeit, als wir uns verirrt hatten, von Straßenräubern angefallen, die ihnen unsere Reisesäcke abnahmen und alles, was ihnen gefiel, herausholten. Da aber darin kein Geld, sondern nur Wäsche und andere Gebrauchsgegenstände für die Reise waren, so war der Verlust nicht sehr groß.

Unser Begleiter brachte uns nach Amiens, wo wir wieder unsern Postillion und unsere Bedienten trafen, die sich auf der Landstraße gefunden und hierher zurückgekommen waren.

Wir sahen dies als eine gute Vorbedeutung einer sehr glücklichen Reise an, da wir einer Gefahr entgangen waren, die unzweifelhaft für uns größer gewesen wäre, als sie für unsere Bedienten war. Denn die Herren von der Landstraße in Frankreich besitzen nicht immer die Höflichkeit, den Reisenden zu bitten, stehen zu bleiben und ihnen sein Geld zu geben, sondern sie geben oftmals zuvor auf den Reisenden Feuer und nehmen ihm alsdann erst sein Geld ab.

Wir hielten uns einen Tag in Amiens auf, um den geringen Schaden wieder auszubessern, den wir durch die Straßenräuber erlitten hatten. Wir gingen durch die Stadt und in die Hauptkirche, fanden aber nichts Bemerkenswertes darin. Als wir aber quer über eine breite Straße neben der Kathedrale gingen, trafen wir auf einen Volksauflauf bei einem Marktschreier, der eine große Rede hielt, allenthalben Zettel, Tropfen und Pulver austeilte und ein gutes Geschäft zu machen schien. Mit einem Male entstand auf der anderen Seite der Straße ein gewaltiges Geschrei: Diebe! Diebe! Und der größte Teil der Zuhörer des Marktschreiers lief davon, um zu sehen, was eigentlich los wäre. Wir waren selbst mit unter dieser Menge, und die Sache schien ihre völlige Richtigkeit zu haben.

Drei britische Herren, zwei Engländer und ein Schotte, die ebenso wie wir auf Reisen waren, hatten gleichfalls dem prahlenden Doktor zugehört, als einer von ihnen einen Dieb ertappte, der ihm seine Taschen ausleerte und schon einen Teil der Barschaft erbeutet hatte, als er einige Stücke davon gerade neben sich auf die Erde fallen ließ. Das war die ganze Geschichte, aber ich muss meinen Lesern noch erzählen, wie sie endete.

Der Dieb hatte seine Helfershelfer so nahe bei sich aufgestellt, dass sie, sobald der Engländer ihn gepackt hatte, sich herzudrängten und taten, als wenn sie sich des Fremden annehmen wollten. Sie fassten den Burschen bei der Gurgel und machten einen unerhörten Lärm. Der Engländer, der nicht im geringsten daran zweifelte, dass sich der Kerl in guter Verwahrung befände, überließ ihn jenen. Während nun alles durcheinander rannte und die Spitzbuben selbst aufs neue Diebe! Diebe! schrien, verstanden sie es mit einer ihnen eigenen Geschicklichkeit, den Dieb entwischen zu lassen, und ergriffen einen anderen, der auch zu ihrer Bande gehörte.

Diesen brachten sie nach einer kleinen Weile vor den Engländer und fragten ihn, was der Kerl denn getan hätte. Auf die Versicherung des Engländers, dass es nicht der rechte wäre, stellten sie sich weit verlegener als vorher, zerstreuten sich durch alle Straßen, schrien aufs neue Diebe! Diebe! und taten, wie wenn sie den Spitzbuben suchten. Und so lief der eine hierhin, der andere dorthin, bis sie alle fort waren. Der Lärm hörte auf, die Herren sahen einander an, das Volk versammelte sich wieder in Haufen um den Doktor, der seine Predigt von vorne anfing.

Dies war der erste französische Spitzbubenstreich, den mitanzusehen ich Gelegenheit hatte, man hat mir aber erzählt, dass es deren noch weit feinere in großer Anzahl gäbe. Wir machten bald mit unsern Landsleuten Bekanntschaft, und da sie ebenfalls wie wir nach Paris wollten, so baten wir sie, unsere Gesellschaft zu vermehren, sodass wir nunmehr eine von fünf Herren mit vier Bedienten bildeten.

Es lag nicht in unserer Absicht, uns lange in Paris aufzuhalten, und in der Tat war auch, die Stadt selbst ausgenommen, eben nichts Bemerkenswertes darin zu sehen. Kardinal Richelieu, der nicht nur einer von den ersten Dienern der Kirche, sondern auch erster Minister im Staate war, hatte obendrein noch das oberste Kommando über die königlichen Armeen erhalten mit dem Titel: Generalleutnant an des Königs Stelle, ein Titel, von dem man zuvor niemals etwas in Frankreich gehört oder gewusst hatte.

Unter diesem Charakter behauptete er alle königliche Gewalt im Heere ausüben zu können, über ihn dürfte man aber nicht an den König appellieren, auch keine Befehle unmittelbar vom Könige erwarten. Er war schon den Winter zuvor von Paris fortgegangen und hatte schon mit dem Herzoge von Savoyen einen Krieg angefangen, in welchem er den Herzog von Mantua wieder einsetzte, dem Herzog von Savoyen Pignerol abnahm und es in einen solchen Verteidigungszustand versetzte, dass es ihm durch keine Gewalt wieder entrissen werden konnte. Überdies brachte der Kardinal den Herzog mehr durch List und Klugheit als durch Gewalt dahin, dass er diesmal auch ohne Pignerol Frieden machte.

Diese Festung war Frankreich stets ein Dorn im Auge gewesen und hatte fast immer den Frieden mit Savoyen unsicher und lahm gemacht. Nun aber wurde sie vom Kardinal Richelieu der Krone Frankreichs eingefügt und ist seitdem eine der stärksten Festungen der Welt.

Der Kardinal war im Felde, und der König, um näher bei ihm zu sein, war kurz zuvor mit der Königin und dem ganzen Hofstaat nach Lyon gegangen. Deshalb war nichts für uns in Paris zu tun, und die Hauptstadt kam mir vor wie ein Haus in der Stadt, wenn die Familie aufs Land gegangen ist. Überhaupt schien mir die Stadt ein ziemlich melancholisches Ansehen zu haben, wenn ich sie mit den Herrlichkeiten vergleiche, die ich von ihr gehört hatte.

Als wir eines Morgens vor dem Tore des Louvre auf- und abgingen in der Absicht, die Schweizer exerzieren und aufziehen zu sehen, was sie gewöhnlich alle Tage taten, ehe sie auf die Wache zogen, kam ein Page und sagte auf Englisch zu mir: Sir, der Hauptmann hat unverzüglich Ihre Hilfe nötig.

Ich kannte außer meinem Gefährten Fielding keinen Menschen in Paris, der Hauptmann war, und glaubte also, dieser sei in Gefahr, nahm mir aber nicht soviel Zeit, nach der Ursache zu fragen, warum er nach mir geschickt hätte, sondern folgte so eilig als möglich dem Pagen nach. Durch mancherlei Gassen und Straßen, die mir alle unbekannt waren, führte er mich endlich durch ein Ballhaus in einen großen Saal, in dem drei Herren, allem Vermuten nach Edelleute, zwei gegen einen, sehr lebhaft im Handgemenge waren. Der Raum war etwas dunkel, sodass ich niemanden erkennen konnte. Mein Kopf war nun einmal mit der vermeinten Gefahr für Fielding angefüllt, und ich stürzte also, mit dem Degen in der Hand, ins Zimmer hinein. Ich war noch mit keinem besonders ins Handgemenge geraten und noch gegen keinen ausgefallen, als ich einen ziemlich tiefen Stich in meinen Schenkel bekam, woran aber wohl vielmehr mein hastiges Hineinstürzen als eine Absicht des Täters schuld sein mochte. Der Schmerz aber brachte mich so auf, dass ich, ohne zu untersuchen, wer mich verwundet hatte, auf einen losstürzte und ihm den Degen durch den Leib rannte.

Das Sonderbare bei dieser Begebenheit und die unerwartete Tötung des einen durch die Zwischenkunft eines Fremden – niemand wusste wie oder woher – hatte die beiden anderen wieder besänftigt, sodass sie wirklich innehielten und mich anstaunten. Nun entdeckte ich, dass Fielding gar nicht dabei war, und dass mich irgendein unbegreifliches Missverständnis hierher gebracht hatte.

Ich konnte nur wenig französisch sprechen und hatte Ursache zu vermuten, dass sie ebenso wenig Englisch verstanden. Ich ging an die Tür, um nach dem Pagen zu sehen, der mich hierher gebracht hatte, fand aber niemanden dort und sah nur, dass der Ausgang frei war. Ich verlor kein Wort und machte mich so eilig wie möglich davon, ohne dass die beiden Herren nur die geringste Miene gemacht hätten mich daran zu hindern.

Ich war aber in einer gewaltigen Bestürzung, als ich an die Durchgänge kam, durch welche mich der Page geführt hatte, und nun durchaus keinen Ausgang entdecken konnte; endlich ward ich eine offene Tür gewahr, die durch ein Haus auf die Straße führte. Ich ging hindurch und zur anderen Tür auf die Straße hinaus, wusste aber ebenso wenig, was ich nun anfangen sollte, um zu erfahren, wo ich wäre und wie ich in meine Wohnung kommen sollte. Die Wunde am Schenkel blutete immer noch sehr heftig, sodass ich das Blut fühlen konnte.

Währenddessen kam eine leere Sänfte vorbei, ich rief sie an, stieg hinein und bat die Träger, so gut ich mich verständlich machen konnte, mich nach dem Louvre zu bringen. Der Name der Straße, in der ich wohnte, war mir zwar unbekannt, doch glaubte ich den Weg zu finden, wenn ich nur an der Bastille wäre.

Die Träger der Sänfte wurden endlich durch eine Kompanie Garde aufgehalten, die dazwischenkam. Sie setzten mich nieder, um die Soldaten vorbeimarschieren zu lassen. Ich sah mich ein wenig aus der Sänfte um und ward zu meiner größten Freude gewahr, dass ich mich gerade vor meiner Wohnung befand, und sah Fielding in der Tür stehen und, wie er mir nachher sagte, nach mir Ausschau halten. Ich winkte ihm und sagte ihm heimlich, dass ich schwer verwundet wäre, bat ihn aber, jetzt keine Frage weiter an mich zu tun, sondern die Sänfte zu bezahlen und nur so bald wie möglich nachzukommen.

Ich vollendete meinen Weg, so gut ich konnte, hatte aber soviel Blut verloren, dass ich kaum Kräfte genug übrig hatte, die Treppe hinaufzusteigen und zu warten, bis Fielding zurückkäme.

Er war in einer ebenso großen Bestürzung wie ich, mich in einer so traurigen Lage zu sehen, und rief sogleich den Wirt herbei, der wieder ebenso bald einen Nachbar herbeirief, sodass in einer Viertelstunde mein Zimmer ganz voll von Menschen war.

Doch dieser Umstand hätte leicht für mich von schlimmeren Folgen sein können als der vorherige, denn zur selben Zeit forschte man sehr heftig nach dem Menschen, der im Ballhause einen erstochen.

Mein Hauswirt war über sein Versehen sehr unglücklich, bat mich um Verzeihung und erbot sich mit der größten Ehrlichkeit von der Welt, mich zu einem seiner Freunde zu bringen, wo ich vollkommen in Sicherheit sein würde. Bei diesen hielt ich mich nun so lange auf, bis ich wieder hergestellt war, nahm dann einen Wagen nach Lyon und fuhr durch Savoyen nach Italien.

Die französischen Angelegenheiten schienen jetzt kein sonderliches Ansehen zu haben. Nirgend war Leben, außer da, wo der Kardinal war, der jede Sache mit einer außerordentlichen Klugheit und meist mit ebenso viel Glück betrieb. Durch seine Staatsklugheit wusste er die Sachen stets so einzuleiten, dass der Ruhm, wenn sie glücklich abliefen, stets auf seiner Seite war, liefen sie aber unglücklich ab, so wurde die Schuld allemal auf die Rechnung des Königs gesetzt. Dieses Verfahren in allen Unternehmungen durchzuführen war um so schwieriger und kitzliger, als gewöhnlich in ähnlichen Dingen das Gegenteil zu sein pflegt, indem die Könige den Ruhm von jeder glücklich abgelaufenen Unternehmung sich selber zueignen, wenn aber irgendeine einen unglücklichen Ausgang nimmt, ihre Minister und Günstlinge dem Klagen und Murren des Volkes preisgeben. Der Kardinal aber, ein listiger und verschlagener Staatsmann, wusste sich auch in diesem Punkte immer zu behaupten.

Man sprach ohne die geringste Ehrfurcht vom Könige und ging so weit, dass man ihn sogar allenthalben schmähte. Der Magistrat der Stadt durfte keinen Versuch machen sich drein zu mischen aus Furcht, das ganze Volk noch mehr zu reizen.

An einem Sonntage um die Mitternachtszeit wurden wir durch ein fürchterliches Lärmen auf der Straße aus dem Schlafe geweckt. Ich sprang aus dem Bette, lief ans Fenster und sah, dass die ganze Straße so voll von Pöbel war, als nur darin Platz hatte. Einige hatten sich mit Musketen und Hellebarden bewaffnet und marschierten in sehr guter Ordnung, andere streiften aber in ungeordneten Haufen umher und schrien unaufhörlich: Der König soll Brot schaffen!

Einer, der einen großen Haufen solcher Aufrührer anführte, hatte auf eine Pike ein Brot und verschiedene Brötchen gesteckt, welche die Kleinheit des Brotes anzeigen sollten, die durch die Teuerung verursacht worden war.

Am frühen Morgen hatte sich der unruhige Pöbel beträchtlich vermehrt, er streifte allenthalben in der Stadt umher, schloss die Kramläden zu und nötigte einen jeden, der ihm begegnete, gemeinschaftliche Sache mit ihm zu machen. Von da gingen sie aufs Schloss, fingen den Lärm und das Geschrei von neuem an und setzten die königliche Familie dadurch in eine außerordentliche Bestürzung. Sie erbrachen die Haustüren der königlichen Bedienten, welche die neuen Steuern erheben sollten, plünderten ihre Häuser kahl aus und würden sie selbst wahrscheinlich auf die schlimmste Weise gemisshandelt haben, wenn sie sich nicht beizeiten durch die Flucht gerettet hätten.

Die Königinmutter, die äußerst unwillig war, dass sie solche traurige Folgen einer Regierung erleben musste, an der sie keinen Anteil mehr hatte, schien aber aus eben dieser Ursache, wie ich denke, in dieser Sache um so weniger in Verlegenheit zu sein. Doch sei dem wie ihm wolle: sie kam selbst in den Vorhof des Schlosses herab, zeigte sich dem lärmenden Pöbel in eigener Person, teilte Geld unter die Leute aus und sprach sehr herablassend mit ihnen. In einer ihr ganz besonders eigenen Art wusste sie das Volk wieder zu besänftigen, schickte es mit dem Versprechen, ihren Klagen abzuhelfen, wieder nach Hause und dämpfte durch ihr kluges Betragen diesen Aufruhr in zwei Tagen, wozu die Besatzung des Schlosses selbst nicht Lust gehabt hatte, oder wenn sie welche gehabt hätte, aller Wahrscheinlichkeit nach das Übel noch ärger gemacht haben würde.

Der Aufstand in Lyon war noch nicht gänzlich gedämpft, als wir den Platz verließen, denn da wir die ganze Stadt in Aufregung fanden, so sahen wir wohl ein, dass nichts darin für uns zu tun sei, da wir vor allem nicht wussten, was dieser Bürgeraufstand für Folgen haben könnte.

Wir reisten daher wieder ab, waren aber noch nicht ganze drei Meilen von der Stadt entfernt, als wir schon wieder als Kriegsgefangene von einem Schwarm solcher Aufrührer angehalten wurden, die draußen auf Vorposten gestanden hatten. Man beschuldigte uns, wir seien Boten, die an den Kardinal abgesandt worden wären, um Truppen zu holen, welche die Einwohner von Lyon wieder zum Gehorsam bringen sollten. Unter diesem Vorgeben führten sie uns im Triumph zurück, um uns vor die Königinmutter zu bringen, die sich durch den letzten Vorfall einen sehr großen Einfluss auf das Volk erworben hatte.

Auf die Frage, wer wir wären, gaben wir uns für Schotten aus, denn die Engländer waren zu jener Zeit nicht eben sehr beliebt bei den Franzosen, weil der Friede erst vor einigen Monaten geschlossen worden war, ein Friede, dem man überhaupt keine lange Dauer zusprach, da er dem Volke in England ganz besonders missfiel. Desto besser aber standen sich die Schotten mit den Franzosen. Niemandem wurde wohl mehr Höflichkeit in Frankreich erwiesen als den Schotten, und um sich einer guten Aufnahme unter den Franzosen zu versichern, hatte man weiter nichts zu tun als sich für einen Schotten auszugeben.

Als wir vor die Königinmutter kamen, schien sie uns anfänglich unfreundlich begegnen zu wollen und beorderte ihre Garde uns in sichere Verwahrung zu bringen. Da sie eine Dame von einem außerordentlich feinen Verstande war, so hatte sie das bloß des Volkes wegen getan, denn wir wurden unmittelbar darauf wieder auf freien Fuß gesetzt. Die Königinmutter entschuldigte sich noch in eigener Person bei uns wegen der harten Behandlung, die wir erlitten hätten, und bat uns, unsere Ungelegenheiten diesen unruhigen Zeiten zuzuschreiben, und schickte uns am nächsten Morgen drei Dragoner von der Garde, die uns durch das Gebiet von Lyon begleiten sollten.

Wir reisten von hier nach Grenoble und kamen an demselben Tage an, als der König und der Kardinal mit dem ganzen Hofe dort eintraf, um über eine Armee von 6000 Mann Schweizer Fußvolk Heerschau zu halten. Der Kardinal hatte durch einen Kunstgriff und durch Schmeichelei die Kantone zu bewegen gewusst, dass sie dem Könige diese Truppen stellten, um ihren Nachbar, den Herzog von Savoyen, helfen zu stürzen. Die Truppen selbst waren vorzüglich gekleidet, tapfer, von kräftigem Körperbau – mit einem Wort Leute, die man brauchen konnte.

Hier war es, wo ich das erste Mal den Kardinal zu sehen bekam. Sein Äußeres hatte das völlige Ansehen von geistlicher Würde und Ernsthaftigkeit, aber aus seinen Augen blickte das ganze Feuer eines Generals und die Lebhaftigkeit eines großen Geistes hervor. Er zeigte sich ein wenig steif, seine Geschäfte aber wusste er mit soviel Deutlichkeit, Festigkeit und Klugheit zu behandeln, dass man sich nicht wundern darf, wenn er in allen seinen Unternehmungen so glücklich war.

Auch den König bekam ich hier zu sehen. Er war von unbedeutender Figur, sah ein wenig hohläugig aus, schien stets niedergeschlagen und ließ allenthalben in seinem Äußern die Schwäche hervorblicken, die er in seinen Handlungen zeigte. War er irgend einmal lebhaft und aufgeräumt, so geschah dies nur, wenn der Kardinal bei ihm war, denn er hing so sehr in jeder Sache, die er unternahm, vom Kardinal ab, dass er sich in der äußersten Verlegenheit befand, wenn jener abwesend war, wie er denn überhaupt ganz blöde, argwöhnisch und unentschlossen war.

Nach der Truppenschau reiste der Kardinal auf einige Tage nach Lyon, um der Königinmutter seine Aufwartung zu dachen. Ich bemerkte, dass während der Abwesenheit des Kardinals kein Hof gehalten wurde, der König sich nur wenig sehen ließ, nur selten Audienz gab und das königliche Schloss wie ausgestorben schien. Sobald aber der Kardinal wieder zurückkam, wurden sogleich große Staatssitzungen gehalten, rollten die Kutschen der Gesandten täglich aufs Schloss und verbreitete sich über den ganzen Hof eine große Geschäftigkeit.

Hier wurden die Maßnahmen verabredet, die man ergreifen wollte, um den Herzog von Savoyen zu stürzen, und in dieser Absicht stellten sich der König und der Kardinal in eigener Person an die Spitze der Armee, mit welcher sie nachher unmittelbar darauf ganz Savoyen eroberten und Chamberry, die Festung

Montmelian ausgenommen, wegnahmen.

Das Heer, mit welchem sie dieses ausrichteten, war nicht über 22000 Mann stark, die schon genannten Schweizer mit eingeschlossen, nebst noch einigen andern aber sehr unbeträchtlichen Truppen, besonders französischem Fußvolk, das aber im Vergleich mit der Infanterie, die ich nachher im deutschen und schwedischen Heere getroffen habe, nicht wert war als Soldaten gezählt zu werden. Auf der andern Seite waren zwar die Savoyarden und Italiener weit bessere Truppen, der Kardinal aber wusste durch seine Klugheit das zu ersetzen, was ihm an Güte seiner Soldaten abging.

Ich verschaffte mir einen Pass nach Genua und reiste unverzüglich ab, wurde aber leider bald bei Villafranca von einem hitzigen Fieber befallen, das über fünf Tage anhielt und sich nachher in ein Geschwür, zuletzt in die Pest verwandelte. Mein Freund Fielding verließ mich Tag und Nacht keinen Augenblick. Vier Tage hindurch kannte ich keinen Menschen und war bewusstlos, doch gefiel es dem Himmel, dass sich die Krankheit in meinem Halse zusammenzog, der zu schwellen anfing und endlich aufbrach. Während der Geschwulst war ich beinahe vor heftigen Schmerzen rasend. Nicht nur der Hals war angeschwollen, sondern auch Kopf, Augen, Zunge und Mund fingen auf eine entsetzliche Art anzuschwellen, sodass mich in diesem Zustande, wie mir mein Bedienter nachher erzählte, die Ärzte schon ganz und gar aufgegeben hatten, da kein Mittel mehr anschlagen wollte. Endlich ging das Geschwür auf, die außerordentliche Menge Flüssigkeit, die nun herauskam, verschaffte mir augenblicklich eine merkliche Erleichterung. In einer Zeit von einer halben Stunde erhielt ich den Gebrauch meiner Sinne wieder und in zwei Stunden fiel ich in einen leichten Schlummer, der mich nach und nach wiederum von Neuem belebte.

Nach mir ward auch Fielding krank, erholte sich aber bald wieder. Unsere Bedienten bekamen ebenfalls die Pest, der von dem Hauptmann starb nach zwei Tagen, der Meinige kam davon.

Ich verbrachte den übrigen Teil des Winters in Mailand, um sowohl meine Gesundheit völlig wiederherzustellen wie auch um Wechsel aus England zu erwarten.

Hier hörte ich zum ersten Male den Namen Gustav Adolfs, des Königs von Schweden, nennen, der eben jetzt seinen Krieg mit dem Kaiser anfing. Frankreich hatte, da der König in Lyon war, ein Bündnis mit den Schweden geschlossen und sich anheischig gemacht, eine Million und 200 000 Kronen sogleich, und 600 000 Kronen jährlich an Schweden zu zahlen, um das Unternehmen Gustav Adolfs zu befördern.

Dieser landete auch in Pommern, nahm die Städte Stettin und Stralsund und machte von hier aus die erstaunlichsten Fortschritte. Doch ich werde Gelegenheit haben, im Verlauf dieser Aufzeichnungen noch ausführlicher darüber zu sprechen.

Es lag eigentlich nicht in meiner Absicht, den König von Schweden oder seine Armee zu sehen, und hatte den Gedanken, mich unter streitende Parteien zu mengen, vorderhand ganz aufgegeben. Ich beschloss, im Frühling meine Reise nach Venedig und durch das übrige Italien weiter fortzusetzen.

Da uns aber jedes neue Zeitungsblatt aus Deutschland immer von einem neuen Siege oder einer neuen Eroberung dieses glorreichen Königs berichtete, so kann ich nicht leugnen, dass bei mir heimlich

Wünsche entstanden ihn zu sehen, die aber jetzt noch so neu und so unbestimmt waren, dass es noch eine ziemliche Zeit dauerte, ehe sie sich zu einem festen Entschlusse verdichteten.

Ungefähr Mitte Januar verließ ich Mailand und ging nach Genua, von da zur See nach Livorno, dann nach Neapel, Rom und Venedig, fand aber nichts in Italien, was mir hätte irgendwie Vergnügen machen können.

Was die modernen Sehenswürdigkeiten betraf, so hörte ich fast von nichts als verbotenen Liebeshändeln, heimlichen Mordtaten, dass man im Finstern an einer Straßenecke den Leuten Dolchstiche gab, dass man Meuchelmörder dingte und dergleichen mehr, und sah die Vergnügungen hier meistens mit jeder Art von Ausschweifungen enden. Das waren für mich die modernen Herrlichkeiten von Italien, für die alten hatte ich keinen Geschmack.

Es kam mir in der Tat sehr lustig vor, als ich in Rom war, sagen zu hören: Hier stand das Kapitol, dort der Koloss des Nero, hier war das Amphitheater des Titus, dort die Wasserleitung, hier das Forum, dort die Katakomben, hier der Tempel der Venus, dort der Tempel des Jupiter, hier das Pantheon, dort – doch weil mir nie in den Sinn gekommen, eine Reisebeschreibung herauszugeben, so vertraue ich bloß das, was ich für nützlich halte, dem Gedächtnis an und überlasse das übrige andern.

Was mir am sonderbarsten auffiel, waren die Einwohner selbst, die durch eine Ausartung, die kaum ihresgleichen hat, von jenem glorreichen, edelmütigen und tapferen Volke, welches sich durch seine Waffen fast die ganze bekannte Welt unterwarf, zu einem äußerst niederträchtigen, barbarischen und verräterischen, argwöhnischen und rachsüchtigen, wollüstigen und feigen, unerträglich stolzen und bis zur Blindheit bigotten Volke, und von der Herrschaft über die Welt zur widerlichsten Andächtelei und zur gröbsten Abgötterei herabgesunken waren.

Und wirklich glaube ich, dass das Abstoßende des Volks mir das Land selbst unangenehm machte, denn es ist so wenig in einem Lande, das ihm zur Empfehlung dient, wenn ihm seine Bewohner Schande machen, dass selbst alle Schönheiten der Schöpfung nicht imstande sind den Mangel der Annehmlichkeiten aufzuwiegen, welche wir in einer angenehmen Gesellschaft genießen. Dies verleidete mir Italien im höchsten Grade, und ich übersah das Land über dem Volke, in dessen Lebensart im Ganzen genommen alle möglichen Arten von schändlichen Lastern im Schwange waren.

Ich gestehe, für meine Person war ich eben nicht allzu religiös und hätte, da ich sehr jung in die Welt hinausgekommen war, leicht Gefahr laufen können auf Abwege zu geraten, zu denen mich teils mein Temperament, teils das Beispiel anderer auf eine verführerische Weise eingeladen hätte. Allein da sich mir das Laster in seiner ganzen Fülle mit allen seinen Ziellosigkeiten und mit allen seinen schrecklichen Folgen darstellte, so dämpfte dieser Anblick auf einmal alle Regungen, die vielleicht in mir hätten entstehen können. Unterdessen fällt mir bei dieser Bemerkung eine Geschichte ein, die mir in diesem Lande begegnete.

In einer gewissen Stadt traf ich eines Abends eine Dame. Gerade als sie an mir vorbeiging, glitt sie unversehens aus, ich griff eilig zu und verhinderte, dass sie hinfiel. Ich bot ihr meinen Arm, um sie nach Hause zu begleiten, und sie nahm mit vieler Artigkeit an. Als wir an ihre Wohnung kamen, bat sie mich mit ebenso viel Artigkeit mit hineinzukommen.

Bis dahin hatte ich noch sehr wenig von der Dame gesehen, als ihr aber ihr Mädchen den Mantel abgenommen hatte, sah ich ein Gesicht, eine Figur und einen Wuchs, wie mir noch nie bisher zu Gesicht gekommen war. Man denke sich hierzu noch die Pracht in ihrer Wohnung, ein Zimmer mit kostbarem Silbergeschirr geschmückt und alles andere, was ich sah, von derselben Kostbarkeit, und man wird es nicht unwahrscheinlich finden, dass ich sie im Anfange für eine Dame von erstem Range hielt.

Ihr Mädchen verschwand und wir setzten uns, sie merkte, dass ich ein Engländer war, und richtete verschiedene Fragen wegen meiner Reise an mich. Ich beantwortete sie, und nun fing sie eine sehr interessante Erzählung an, die ihre eigene Person betraf. Aus der Freiheit aber, die sie sich nahm, merkte ich bald, dass sie das war, was wir in London ein Frauenzimmer von der Straße nennen.

Obgleich sie ein sehr schönes Frauenzimmer und ihre Unterhaltung außerordentlich angenehm war, so fand ich doch nicht die geringste Neigung in mir, irgendeine Liebschaft mit ihr anzufangen. Ich überlegte, wo ich wäre, und dass hierzulande die Leute nicht gut Spaß verstünden. Sie bemerkte die Verwirrung, in welcher ich war, änderte mit einer bewundernswürdigen Geschicklichkeit die Unterhaltung und sagte, sie sähe mich wegen der Güte, die ich ihr erwiesen hätte, für einen bloßen Besuch an, klingelte ihrem Mädchen und befahl, Kuchen und Wein zu bringen.

Aber nun befand ich mich in einer weit größeren Verlegenheit als zuvor, denn ich war der Meinung, sie werde mir nichts Geringeres zu essen und zu trinken vorsetzen als Gift und nahm mich daher sehr in acht etwas davon zu kosten. Doch sie benahm mir meine Furcht, da sie von jedem, was sie mir anbot, selbst aß und trank. Ob sie meine Besorgnis und deren Ursache gewahr wurde, weiß ich nicht, doch konnte ich mich lange des Verdachtes nicht erwehren, aber ihr verbindliches Betragen und das Einnehmende in ihrem Wesen und in ihrer Unterhaltung hatten soviel Gewalt über mich, dass ich zuletzt ohne die geringste Furcht aß und trank.

Nachdem ich schon etwas über eine Stunde bei ihr zugebracht, stand ich auf, um mich von ihr zu verabschieden, und bot ihr fünf Gulden an, die sie aber ausschlug. Sie meinte, sie könne das nicht mit Ehren annehmen, da ich keine einzige Gunstbezeugung von ihr genossen hätte. Ich legte das Geld auf den Tisch, sie schlug es nochmals aus, bis sie endlich mit einem Lächeln sagte, wenn ich ihr mein Ehrenwort geben wollte, sie mehrmals zu besuchen, so wollte sie mir meine Bitte gewähren und es annehmen. Ich versprach es und nahm sogleich meinen Abschied.

Den dritten Abend darauf hatte ich die Neugierde in eine Kirche zu gehen und die Andachtsübungen der Italiener mit anzusehen. Hier bemerkte ich dieselbe Dame, als sie gerade mit großer Andacht ihr Gebet verrichtete. Ich redete sie an, als sie aus der Kirche ging, sie bezeigte sich sehr offenherzig und freimütig, und ich begleitete sie glücklich wieder in ihre Wohnung.

Von dieser Zeit an sah ich sie sehr oft, ohne allen Zwang von meiner wie von ihrer Seite, denn sie behandelte mich mehr wie einen Freund als wie einen Liebhaber, und war so ganz anders gesinnt wie die übrigen ihrer Zunft, sodass ich sie nie wieder überreden konnte, noch ein anderes Geschenk von mir anzunehmen außer dem, wovon ich bereits gesprochen habe.

Sie erzählte mir, sie wäre von Geburt eine Spanierin, wäre in ihrem sechsten Jahre von ihrem Vater, einem Kaufmanne, nach Italien gebracht worden, wäre nun bereits fünfzehn Jahre hier, hätte während dieser Zeit ihre Eltern verloren, und dieser Verlust wäre die erste Ursache ihrer Verführung gewesen; die Italiener wären ein verabscheuenswürdiges Volk, viele unter ihnen aus beiden Geschlechtern schändeten sogar die Natur, sie selbst hätte sich nie zu solchen Unnatürlichkeiten verstehen können, aber Ungeheuer von dieser Art wären fast in jeder Straße und fast in jedem Stande anzutreffen.

Ich habe diese kleine Geschichte nur erzählt, um eine Probe von den italienischen Sitten zu geben, nicht aber mich selbst in ein Geständnis einzulassen. Hätte ich mir etwas zuschulden kommen lassen, dessen ich mich schämen müsste, so wäre es doch ein geringeres Verbrechen, wenn ich es verschwiege, als wenn ich es öffentlich bekannt machte.

Wenigstens kann das, was ich erzählt habe, dem Leser dieser Blätter einen Begriff von den Gründen geben, aus welchen mir dieser angenehmste Teil der Erde, wie man ihn zu nennen pflegt, ganz und gar nicht gefiel, und warum ich diesen Ort weit schneller verließ, als es gewöhnlich die Reisenden zu tun pflegen, die hierher kommen, um ihre Neugierde zu befriedigen.

Auch die bis zum Erstaunen stupide Bigotterie dieses Volkes war mir ebenso verhasst, und der schmutzige Geiz derjenigen Klasse von Menschen, die daran schuld sind, war nicht zu verkennen; überhaupt war mir die unumschränkte Herrschaft der Priester über Leib und Seele des Volkes ein Hauptbeweis für die Stumpfheit aller Geisteskräfte, welche man an keinem andern Orte in einem höheren Grade als in Italien, besonders aber in Rom, antrifft.

In Venedig war es ganz anders. Hier hatte die bürgerliche Gewalt ein sichtliches Übergewicht über die kirchliche, und in keinem andern Teile Italiens war die Kirche mehr dem Staate unterworfen als hier.

Aus diesen angeführten Gründen finde ich kein Vergnügen, meine Aufzeichnungen von Italien mit Bemerkungen über Städte und andere Dinge anzufüllen, da alle die Altertümer und schätzbaren Überbleibsel der römischen Nation schon weit besser und vollständiger von Männern verzeichnet und beschrieben worden sind, die das mehr zu ihrem Beruf machten. Ich für meine Person reise nur, um zu sehen, nicht um zu schreiben, und ich zeichnete mir damals ebenso wenig Materialien zu diesen Bogen auf, als ich daran dachte, diese Blätter drucken zu lassen.

Ich verließ Italien im April, machte eine Reise nach Bayern, so sehr es mir auch aus dem Wege lag, und kam über München, Passau und Linz zuletzt nach Wien.

Hier kam ich am 10. April 1631 an, in der Absicht von hier aus auf der Donau nach Ungarn zu gehen und vermittels eines Passes, den ich vom englischen Gesandten in Konstantinopel erhalten hatte, alle die großen Städte an der Donau zu sehen, die damals in den Händen der Türken waren und von welchen ich in der Geschichte von den Kriegen der Deutschen mit den Türken soviel gelesen hatte. Doch folgende Veranlassung brachte mich von meinem Vorhaben ab.

Seit zwölf Jahren tobte im Deutschen Reiche zwischen dem Kaiser, dem Herzoge von Bayern, dem Könige von Spanien, den katholischen Fürsten und Kurfürsten auf der einen Seite, und den protestantischen Fürsten auf der andern Seite ein sehr blutiger Krieg. Man war auf beiden Seiten durch den Krieg entkräftet, und da die katholischen Fürsten selbst mit scheelen Augen die Macht des Hauses Österreich immer mehr und mehr wachsen sahen, so glaubte man, alle Teile wären willig Frieden zu schließen. Ja, was noch mehr ist, die Sache war schon so weit, dass sogar einige von den katholischen Fürsten und Kurfürsten anfingen von Bündnissen mit dem König Gustav Adolf von Schweden zu sprechen.

Ich muss hier bemerken, dass die beiden Herzöge von Mecklenburg durch die Tyrannei des Kaisers Ferdinand beinahe ganz aus ihren Ländern vertrieben worden waren und Gefahr liefen, auch noch das Übrige zu verlieren. In dieser Lage wandten sie sich also sehr angelegentlich an den König von Schweden, dass er ihnen zu Hilfe kommen möchte. Gustav Adolf war nicht nur mit dem mecklenburgischen Hause verwandt, sondern er hatte auch längst auf eine bequeme Gelegenheit gewartet, mit dem Kaiser anzubinden, gegen den er auf eine unversöhnliche Art eingenommen war, und eilte ohne Verzug dem Mecklenburger zu Hilfe.

Die Ursache seiner Unzufriedenheit mit dem Kaiser betraf die kaiserlichen Truppen im polnischen Kriege. Der Kaiser hatte 8000 Mann zu Fuß und 2000 Mann zu Pferde befohlen, sich mit der polnischen Armee gegen den Schwedenkönig zu vereinigen, und hatte dadurch Gustavs Waffen in diesem Kriege manchen Schaden zugefügt.

In der Absicht also, mit dem Kaiser einen Krieg anzufangen, und besonders auf inständiges Anliegen der obengenannten Herzöge von Mecklenburg war der König von Schweden im vorigen Jahre mit ungefähr 12 000 Mann in Stralsund gelandet. Er zog noch einige Truppen an sich, die er in Preußen gelassen hatte, dass also alles zusammengenommen seine Armee noch nicht 30 000 Mann ausmachte. Mit dieser Armee fing er mit dem Kaiser einen Krieg an, einen Krieg, der mit den glorreichsten Schlachten, Belagerungen und Heldentaten angefüllt ist, einen Krieg, den man wegen seiner großen Folgen und rühmlichen Beendigung unter die denkwürdigsten Kriege zählen kann, die jemals in der Welt geführt worden sind.

Gustav Adolf hatte bereits Stettin, Stralsund, Rostock, Wismar und alle festen Plätze an der Ostsee weggenommen und fing an sich weiter in Deutschland hineinzuziehen. Er hatte, wie ich schon gesagt habe, ein Bündnis mit Frankreich geschlossen, und war jetzt noch einen Vergleich mit dem Kurfürsten von Brandenburg eingegangen. Mit einem Wort, er fing an dem Deutschen Reiche furchtbar zu werden.

In dieser Lage schrieb der Kaiser einen allgemeinen Reichstag nach Regensburg aus, wo alle Parteien über den Frieden unterhandeln und sich verbindlich machen sollten ihre Kräfte zu vereinigen, um die Schweden aus dem Deutschen Reiche wieder zu vertreiben.

Hier brachte es der Kaiser durch seine ausgesucht listigen Wendungen zu einem Schluss, der ganz und gar zu seinem Vorteil, den Protestanten aber zum größten Nachteil gereichte, und vermöge dessen insbesondere der Krieg gegen den König von Schweden auf eine solche Art geführt werden sollte, dass die ganze Last und das Ungemach desselben auf die Protestanten fiel, und dass diese zu Werkzeugen gebraucht werden sollten, um ihre besten Freunde zu unterdrücken.

Andere Angelegenheiten wurden auf dieselbe Art

zum Nachteil der Protestanten beendet, zum Beispiel die Maßregeln, welche ausgemacht wurden, um die Güter der Kirche wiederzuerlangen, und die Erziehung der protestantischen Geistlichkeit zu behindern. Alles Übrige wurde auf einen andern Reichstag verschoben, der im August 1631 zu Frankfurt a. M. gehalten werden sollte.

Ich will nicht behaupten, dass die andern protestantischen Fürsten Deutschlands dem Könige von Schweden niemals eine Eröffnung gemacht hätten, ihnen zu Hilfe zu kommen, doch ist es klar, dass sie sich nie mit ihm in ein förmliches Bündnis eingelassen hatten. Das geht auch aus den Schwierigkeiten hervor, die nachher die Unterhandlungen sowohl mit dem Kurfürsten von Brandenburg als mit dem Kurfürsten von Sachsen verzögerten, wodurch unglücklicherweise die Zerstörung von Magdeburg verursacht wurde.

Allein das eine war offensichtlich: der König von Schweden war zu einem Kriege gegen den Kaiser entschlossen. Der König konnte oder musste vielmehr voraussehen, dass, wenn er sich nur an der Spitze einer ansehnlichen Armee an den Grenzen des Deutschen Reiches zeigen würde, sich alle protestantischen Fürsten in der Notwendigkeit befinden würden, sich entweder aus Furcht oder um ihres Vorteils willen zu ihm zu schlagen. Und die Folge hat bewiesen, dass der Schluss nicht unrichtig war. Denn die Kurfürsten von Brandenburg und Sachsen waren beide genötigt, sich mit ihm zu vereinigen.

Anfänglich waren zwar sie willig, gemeinschaftliche Sache mit ihm zu machen, wenigstens fanden sie keinen Beweggrund, auf die Seite des Kaisers zu treten, dessen Macht sie ohnehin zu fürchten hatten.

Sie wünschten den Schweden Glück und würden vor Freude außer sich gewesen sein, wenn die Sache auf Kosten eines andern hätte beigelegt werden können, denn als wahre Deutsche wollten sie sich lieber helfen lassen als sich selbst helfen, daher fingen sie wirklich an, Bedenken zu äußern und auf Bedingungen zu bestehen.

Zuletzt aber wurden sie dazu gezwungen. Der Kurfürst von Brandenburg wurde vom König von Schweden selbst dazu genötigt, es mit ihm zu halten. Gustav Adolf war so weit hergekommen und war kein Mann, der mit sich spielen ließ, und würde gewiss Brandenburg sehr übel mitgespielt haben, hätte der Kurfürst nicht getan, wie der König wollte. Die Sachsen aber wurden nachher mit Gewalt den Schweden in die Arme getrieben, denn der Graf Tilly, der General der kaiserlichen Truppen, verheerte ihr Land und machte, dass sie sich ohne Bedingungen mit den Schweden vereinigten, um ihrem Untergange zu entgehen.

So standen die Sachen beim Schlusse des Reichstages von Regensburg. Der König von Schweden sah ein, dass sich die Protestanten ebensowohl wie die Katholiken auf den. Reichstage gegen ihn verbunden hatten, und beschloss, wie ich nachher Se. Majestät mehrmals habe sagen hören, sie zu zwingen vom Kaiser wieder abzuspringen oder, wenn sie es nicht täten, zu erwarten, von ihm ebenso wie die übrigen als seine Feinde behandelt zu werden.

Doch nicht lange nachher überzeugten ihn die Protestanten, dass sie zwar dem äußerlichen Anschein nach auf dem Reichstage zu Regensburg zu einem Bündnis gegen ihn durch List gebracht worden wären, aber nichts weniger als dies im Sinn hätten.

Sie ließen ihm durch ihren Gesandten bekannt

geben, dass ihnen nur sein mächtiger Beistand fehle, um ihr Vorhaben auszuführen, und dass sie ihn bald überzeugen würden, dass sie den Plan des Kaisers sehr wohl verstünden und für ihre Freiheit alles tun würden, was in ihren Kräften stünde. Und dies sehe ich als die erste Einladung an, die an den König von Schweden erging, sich der Sache der Protestanten anzunehmen, welche ihn nachher zu sagen berechtigte, er fechte für die Freiheit und für die Religion des deutschen Volkes.

Ich habe verschiedene Male Gelegenheit gehabt alle diese Dinge aus dem Munde dieser Fürsten selbst zu hören, und erzähle sie deswegen mit um so größerer Offenheit, doch ich würde sie hier keinesfalls erwähnen, wenn nicht die Rolle, die ich bei diesen blutigen Szenen spielte, es mir notwendig machte, den Leser einigermaßen in die Geschichte einzuführen und ihm zu zeigen, wie und durch welche Veranlassung dieser schreckliche Krieg entstanden war.

Die Protestanten waren durch die Behandlung, die sie auf dem vorigen Reichstag erlitten hatten, in die größte Unruhe versetzt worden und hatten sich insgeheim untereinander verabredet, ein gemeinsames Bündnis zu schließen, um den Untergang abzuwenden, von dem sie voraussahen, dass er unvermeidlich sein würde, wenn man nicht schleunigst alle möglichen Hilfsmittel anwendete.

Der Kurfürst von Sachsen, das Haupt der Protestanten, ein tätiger und kluger Fürst, brachte es zuerst in Vorschlag. Er hatte es anfänglich nur dem Landgrafen von Hessen, einem eifrigen und tapferen Fürsten, mitgeteilt und ihn darüber um Rat gefragt, und die Sache war lange Zeit unter ihnen geblieben, weil man vor der Hand noch keinen gangbaren Ausweg finden konnte, die Sache zustande zu bringen. Denn der Kaiser war allenthalben so mächtig, dass sie voraussahen, die kleineren Fürsten würden sich nicht in Unterhandlungen dieser Art einzulassen wagen, wenn sie allenthalben von kaiserlichen Truppen umringt seien, die unter Wallensteins und Tillys Befehl sie sowieso schon in steter Furcht und Unterwürfigkeit erhielten. Diese Schwierigkeit hätte wahrscheinlich wieder alle Gedanken an ein Bündnis als an eine unmögliche Sache unterdrückt, wenn nicht ein lutherischer Gottesgelahrter, Sigensius, ein Mann von außerordentlichen Fähigkeiten, den der Kurfürst von Sachsen sowohl in Staatsangelegenheiten als in Religionssachen sehr gut brauchen konnte, einen vortrefflichen Ausweg gefunden hätte.

Ich habe nachher bei meinem Aufenthalt in Leipzig selbst das Vergnügen, diesen Mann kennenzulernen. Er gefiel sich sehr darin, dass er auf eine so gute Sache gekommen war, wie die Leipziger Beschlüsse waren, und sah es gern, dass man sich mit ihm darüber unterhielt. Ich habe also die Erzählung aus seinem eigenen Munde. Er sagte mir jedoch mit der größten Bescheidenheit, dass er es selbst für eine Art Inspiration gehalten hätte, die ihm plötzlich durch den Kopf gefahren wäre, als ihn der Kurfürst von Sachsen eines Morgens in sein Kabinett hätte rufen lassen. Der Kurfürst hätte zuerst sehr unmutig ausgesehen, den Kopf geschüttelt, aber endlich ihn sehr bedeutungsvoll angesehen.

Was wird aus uns werden, Doktor, hätte er endlich angefangen, in Frankfurt a. M. ist's um uns alle geschehen.

Warum das, wenn Eure Durchlaucht erlauben?

Nun, sie werden mit unserm Volke und mit unserm Gelde in den Krieg gegen den König von

Schweden ziehen und wir und unsere Freunde werden helfen müssen, dass sie uns und unsere Freunde zugrunde richten.

Aber was ist denn aus der Union geworden, die Eure Kurfürstliche Durchlaucht so glücklich aussannen und worüber der Landgraf von Hessen so erfreut war?

Daraus geworden? – Nun, der Einfall war gut, aber es ist unmöglich, die Sache selbst zustande zu bringen, da so viele protestantische Fürsten dabei zurate gezogen werden müssen. Denn wir haben erstlich keine Zeit mehr zu unterhandeln, und zweitens wird die Hälfte der Fürsten sich nicht auf die Sache einlassen wollen, da die Kaiserlichen mitten in ihren Ländern liegen.

Aber könnte denn nicht irgendein Mittel ausfindig gemacht werden, um sie alle zusammenzubringen und bei einer allgemeinen Versammlung diese Unterhandlungen zu unternehmen?

Der Vorschlag ist gut, Doktor, aber in welcher Stadt sollten sie zusammenkommen, ohne dass die Abgeordneten in einer Zeit von vierzehn Tagen von Tilly oder Wallenstein belagert werden würden?

Würden Eure Durchlaucht vielleicht bereit dazu sein, wenn irgendein Ausweg zu finden wäre, eine solche Verhandlung aus andern Ursachen auszuschreiben, woraus der Kaiser so wenig Argwohn schöpfte, dass er vielleicht selbst seine Einwilligung dazu geben würde? Eure Durchlaucht wissen, dass der Reichstag herannaht, der in Frankfurt a. M. abgehalten werden soll, es ist notwendig, dass die Protestanten vorher eine Zusammenkunft halten, um die Sachen für den allgemeinen Reichstag vorzubesprechen und dazu wird die Erlaubnis nicht schwer zu erhalten sein.

Der Kurfürst war über diesen Vorschlag beinahe außer sich geraten, hatte den Doktor vor lauter Entzücken umarmt und gesagt: Doktor, Ihr habts getroffen, und hatte ihm befohlen, sogleich ein Schreiben an den Kaiser aufzusetzen.

Der Doktor, welcher sehr gewandt die Feder führen konnte, bot seine ganze Geschicklichkeit auf, und stellte Sr. Kaiserlichen Majestät vor, Allerhöchstdieselbe möge geruhen zum besseren Ende der Unruhen von Deutschland den protestantischen Reichsfürsten zu erlauben, dass sie einen Konvent unter sich abhielten und sich über die Artikel beratschlagten, welche auf dem allgemeinen Reichstage verhandelt werden sollten, um in Betreff der Austreibung der Schweden und Festsetzung eines dauernden Friedens im Reiche desto besser zum Einverständnis mit Allerhöchstdemselben zu gelangen.

Er ließ noch obendrein etwas von einmütigen Beschlüssen mit einfließen, dass die protestantischen Fürsten ihre Stimmen bei der Wahl eines römischen Königs für den König von Ungarn abgeben würden – eine Sache, woran dem Kaiser sehr gelegen war und die er auf dem Reichstage mit aller Macht betreiben wollte.

Das Schreiben ward abgesandt und die Lockspeise war so gut verborgen, dass der Kurfürst von Bayern, der Kurfürst von Mainz, der König von Ungarn und die andern nicht das geringste ahnten, sondern ohne das geringste Bedenken dem Kaiser den Rat gaben die Verhandlung zu bewilligen.

Mit dieser Bewilligung unterzeichnete nun der Kaiser seinen eigenen Untergang. Denn von diesem Zeitpunkte an nahm die Verbindung der protestantischen Deutschen mit dem Könige von Schweden ihren Anfang, welches der unglücklichste

Schlag war, den Ferdinand bekam, und den er nie wieder verwinden konnte.

Der Konvent wurde zu Leipzig am 8. Februar 1630 gehalten. Die Protestanten wurden über verschiedene Punkte einig, die ihre gegenseitige Ver[t]eidigung betrafen und die der Grund zu dem folgenden Kriege waren.

Da[s] waren die berühmten Leipziger Beschlüsse, welche den Kaiser und das Reich so sehr beunruhigten, dass der Kaiser, um sie gleichsam noch im Entstehen zu ersticken, den General Tilly beorderte, ohne Verzug den Landgrafen von Hessen und den Kurfürsten von Sachsen als die vorzüglichsten Häupter der Union zu überfallen. Allein es war nunmehr zu spät.

Der Vertrag selbst war in folgenden Artikeln abgefasst:

1. Da die ganze protestantische Kirche durch ihre Sünden Gottes Strafgericht auf sich gezogen hätte, solle man sich in öffentlichen Gebeten wegen Anwendung des zu befürchtenden Unglücks an Gott den Allmächtigen wenden.

2. Sollte man eine Friedensunterhandlung in Gang zu bringen suchen, um mit den katholischen Fürsten zu einem rechten Verständnis zu kommen.

3. Wenn zu einer solchen Verhandlung eine Frist erhalten worden, so sollte eine Versammlung von Deputierten zur Einleitung dieser Unterhandlung angesetzt werden.

4. Alle ihre Beschwerden sollten zur Vermittelung eines gütlichen Vergleichs der Kaiserlichen Majestät und den katholischen Kurfürsten alleruntertänigst und freundlichst vorgelegt werden.

5. Zufolge der Reichsgesetze und der Kaiserlichen

Majestät feierlichen Eide und Versprechen wolle man um Allerhöchst Dero Schutz ersuchen.

6. Es sollten Deputierte ernannt werden, um über das gemeinsame Beste zu beraten, und sie sollten völlige Macht haben alles zu beschließen, was sie zur Sicherheit der Protestanten für nötig erachten würden.

7. Eine hinlängliche Kriegsmacht sollte ausgerüstet werden, um ihre Freiheit, Rechte und Religion zu erhalten und zu verteidigen.

8. Diese Beschlüsse sollten der Verfassung des Deutschen Reiches, wie sie auf dem Reichstag zu Augsburg festgesetzt worden, nicht entgegen sein.

9. Diese Rüstung sollte zu ihrer Notwehr auf keine Art ihrem Gehorsam gegen Ihre Kaiserliche Majestät Eintrag tun, sondern man wollte Allerhöchstderselben immer mit geziemender Treue und Gehorsam gewärtig sein.

10. Jeder sollte seinem Vermögen gemäß eine Kriegsmacht anwerben, und alles in allem sollte ein Volk von 70 000 Mann auf die Beine gebracht werden.

Der Kaiser war vor Schrecken über diesen Vertrag außer sich und erließ ein sehr strenges Manifest gegen die Protestanten, eine Sache, welche damals soviel bedeutete wie eine förmliche Kriegserklärung. Er befahl dem General Tilly, sich unverzüglich mit seinem Heere in Marsch zu setzen und den Kurfürsten von Sachen mit aller nur erdenklichen Wut zu überfallen.

Hier begann die Flamme auszubrechen, denn auf das Manifest des Kaisers sandten die Protestanten Abgeordnete an den König von Schweden und ließen ihn um seinen Beistand anflehen.

Der König hatte bereits Mecklenburg und einen

Teil von Pommern erobert, nun rückte er mit seinen siegreichen Truppen, welche er noch durch einige in diesen Gegenden angeworbene Regimenter verstärkt hatte, weiter vor, um sie in den Krieg gegen den Kaiser zu führen.

Sein Plan war, an der Oder hinauf nach Schlesien zu gehen und so den Kriegsschauplatz in den kaiserlichen Erbländern Österreich und Böhmen aufzuschlagen, als die ersten Abgesandten der Protestanten zu ihm kamen. Dies änderte seine Pläne, er beschloss den Wunsch der Protestanten zu erfüllen und rückte bis an die brandenburgische Grenze vor.

Aber hier fing der Kurfürst von Brandenburg an ihn aufzuhalten und ihm Schwierigkeiten in den Weg zu legen, da er ihm den Durchmarsch durch seine Länder nur unter Bedingungen gestatten wollte. Der König, um zu seinem Zwecke zu gelangen, wurde dadurch genötigt, auf das Äußerste gegen ihn zu verfahren. Doch konnte es nicht fehlen, dass dieses Verhalten des Kurfürsten von Brandenburg die Schweden in ihrem Vorrücken aufhalten musste, die außerdem gewiss schon an den Ufern der Elbe gewesen wären, als der General Tilly in Sachsen einfiel. Wäre dies geschehen, so wäre dadurch auch, wie ich schon vorher bemerkt habe, die beklagenswerte Zerstörung von Magdeburg verhindert worden.

Der König war also eingeladen worden der Union der Protestanten beizutreten, er nahm den Vorschlag an, als er eben das erste Mal von der Oder zurückging, und rüstete sich, diese Union mit seiner ganzen Macht zu unterstützen.

Der Kurfürst von Sachsen hatte bereits eine sehr gute Armee mit großer Sorgfalt rekrutiert und musterte sie unter den Kanonen von Leipzig. Der König von Schweden war durch seinen Gesandten in

Leipzig der Union der Protestanten beigetreten und eilte ihnen siegreich zur Hilfe, als gerade der Graf Tilly in die Länder des Herzogs von Sachsen eingefallen war.

Der Ruf von den schwedischen Eroberungen und von dem königlichen Helden, der sie kommandierte, brachte meinen Entschluss, in die Türkei zu reisen, ins Wanken; ich beschloss, mir die vereinigten protestantischen Armeen anzusehen, und ehe das Feuer weiter ausbräche, den Vorteil zu benutzen, beide Parteien in Augenschein zu nehmen.

Während ich mich noch in Wien in der Ungewissheit aufhielt, welchen Weg ich einschlagen wollte, erinnere ich mich bemerkt zu haben, dass man vom König von Schweden als von einem Fürsten sprach, der gar nicht in Betracht käme, den man gehen und sich selbst in Mecklenburg entkräften lassen müsste, bis man eine gelegene Zeit finden würde, sich mit ihm einzulassen und ihn nach Gefallen ganz und gar aufzureiben. Doch wie es niemals klug gehandelt ist, einen Feind zu verachten, so war dies wenigstens kein Feind, den man verachten durfte, wie sie bald selbst aus Erfahrung lernen mussten.

Der Leipziger Vertrag verursachte zwar anfänglich dem kaiserlichen Hofe eine gewisse Trauer, als sie aber hörten, dass die kaiserlichen Truppen schon verschiedene Fürsten von der Union zurückgeschreckt hätten, und dass die einzelnen Glieder der Union eben keine beträchtliche Armee auf den Beinen hätten, so war es ein landläufiges Gerede in Wien, dass die Union von Leipzig dem Kaiser eben erst die beste Gelegenheit gäbe, die Kurfürsten von Sachsen und Brandenburg und den Landgrafen von Hessen ganz und gar zu unterdrücken, und das sahen sie schon als eine völlig abgemachte Sache an.

Ich sah aber wirklich niemals einen größeren Kummer in den Mienen der Wiener Herren, als damals, als die Nachricht an den Hof kam, der König von Schweden sei der Leipziger Union beigetreten. In demselben Maße ab, wie ihnen diese Nachricht wirklich sehr großen Kummer verursachte, fingen sie auch an sich der nachdrücklichsten Mittel zu bedienen, die möglich waren, um diesen Sturm abzuwenden, und der Graf Tilly musste sogleich in größter Eile aufbrechen, um in Sachsen einzufallen, ehe die Union durch neue Mitglieder noch mächtiger würde.

Dieser Entschluss war wirklich sehr klug, und niemals wären dergleichen Maßregeln besser ausgeführt worden, wären ihnen nicht die tätigen Sachsen an Geschwindigkeit darin zuvorgekommen.

Bald sollte nun dieser Sturm losbrechen, der anfänglich nur als ein trübes Wölkchen erschien, sich aber bald über das ganze Reich auszubreiten begann, und von dem kleinen Herzogtum Mecklenburg aus ganz Deutschland zu bedrohen schien. Dies brachte mich zu dem festen Entschluss, den Gedanken nach Ungarn zu gehen fahren zu lassen und dafür weiter nach Deutschland vorzudringen, um womöglich die Armee des Königs von Schweden zu sehen.

Ich reiste Mitte Mai von Wien ab, nahm Post nach Großglogau in Schlesien, um von da, meinem Plane zufolge nach Polen zu gehen, änderte aber meinen Entschluss, um an der Oder entlang nach Küstrin ins Kurfürstentum Brandenburg und von da nach Berlin zu gehen; als ich aber an die Grenze von Schlesien kam, konnte ich trotz meiner Pässe nicht weiter, so streng waren die Wachen an den Grenzen. Ich sah mich also genötigt wieder nach Böhmen zurückzukehren und kam nach Prag.

Ich fand, dass ich von hier aus sehr leicht durch

die kaiserlichen Provinzen nach Niedersachsen kommen könnte, nahm in dieser Absicht Pässe nach Hamburg, beschloss aber nur im Notfall davon Gebrauch zu machen. Mithilfe dieser Pässe kam ich am 2. Mai 1631 unter die Kaiserlichen, die damals unter dem Kommando des Grafen Tilly Magdeburg belagerten.

Ich gestehe es, ich sah das traurige Schicksal dieser Stadt nicht voraus, auch glaubte ich nicht, dass der General Tilly selbst erwartete, seine Wut mit einer so schrecklichen Verwüstung Genüge zu tun, und noch viel weniger befürchteten es die Einwohner. Ich dachte, die Stadt würde kapitulieren und ich hörte oft in der Armee davon sprechen, dass der Graf Tilly ihnen gerade nicht die schlechtesten Bedingungen vorschreiben würde. Allein die Sache fiel leider ganz anders aus.

Die Unterhandlungen wegen der Übergabe der Stadt hatten bereits ihren Anfang genommen, ja einige sagten, sie wären schon abgeschlossen gewesen, als einige von den kaiserlichen Vorposten bemerkten, dass die Bürger die Außenwerke vernachlässigten und schlechter als gewöhnlich besetzten; die Kaiserlichen brachen sogleich ein und bemächtigten sich mit dem Degen in der Hand bei geringem Widerstande eines Halbmondes.

Obwohl man auf beiden Seiten höchst erstaunt war, da weder die Einwohner der Stadt etwas Schlimmes befürchteten, noch der Feind diese Gelegenheit, einen Einfall zu tun, erwartet hatte, so flog doch die Besatzung mit einer Entschlossenheit und einem Mut, wie man bei einem so Schrecken kaum erwarten sollte, auf die Wälle und schlug die Kaiserlichen zweimal zurück.

Da aber an deren Stelle immer wieder frische

Mannschaften anrückten und der Statthalter von Magdeburg selbst verwundet und gefangen genommen wurde, so brach der Feind aufs Neue ein, bemächtigte sich der Stadt mit Sturm und überließ sich einer so zügellosen Wut, dass er ohne Rücksicht auf Alter oder Stand die ganze Garnison und die Einwohner, Männer, Weiber und Kinder über die Klinge springen ließ, die Stadt plünderte, und als das geschehen war, sie über und über in Brand zu stecken befahl.

Dieser Anblick war zweifellos das Schrecklichste, was ich je gesehen habe. Die Wut der kaiserlichen Soldaten war nicht zu beschreiben, denn sie überschritt alle Grenzen. Von 20 000, andere sagen 30 000 Menschen war keine lebendige Seele mehr zu sehen, bis die überhandnehmenden Flammen noch diejenigen aus ihren Schlupfwinkeln heraustrieben, welche sich in unterirdischen Gewölben und heimlichen Gemächern verborgen hatten, die nun aber lieber ihren Tod auf der Straße finden als in den Flammen umkommen wollten.

Sogar von diesen bewundernswürdigen Geschöpfen wurden viele von den wütenden Barbaren niedergehauen, und erst zuletzt wurde denjenigen, die aus ihren Kellern und Höhlen hervorkamen, das Leben geschenkt, sodass etwa 2000 solcher armen Kreaturen übrig blieben, das heißt dem Mangel und der Verzweiflung überlassen wurden.

Die genaue Zahl der Umgekommenen hat man nie mit Sicherheit erfahren können, weil diejenigen, welche von den kaiserlichen Truppen erst niedergemacht worden waren, nachher von den Flammen verzehrt wurden.

Ich befand mich gerade auf dem andern Ufer der Elbe, als dieses grausame Gemetzel vor sich ging. Der

Stadt Magdeburg gerade gegenüber stand ein Blockhaus oder Fort, welches man das Zollhaus nannte und das mit Magdeburg durch eine ziemlich gute Schiffbrücke verbunden war. Diese Befestigung hatten die Kaiserlichen einige Tage vorher eingenommen. Weil ich willens war, sie zu besichtigen, und besonders, weil man von da aus eine sehr gute Aussicht über die ganze Stadt hatte, so ging ich über des Generals Tillys Schiffsbrücke in dieses Festungswerk. Ungefähr um 10 Uhr morgens hörte ich ein gewaltiges Feuern und erfuhr, dass man während der Kanonade Sturm lief, und sogleich rannte alles auf die Werke. Ich dachte an nichts weniger als an die Eroberung der Stadt sondern glaubte vielmehr, man mache auf ein Außenwerk einen Angriff. Denn wir alle erwarteten, dass man die Stadt noch diesen Tag, wenigstens am folgenden auf ziemlich leidliche Bedingungen übergeben werde.

Als ich eben auf den Festungswerken des Forts umherging, erhob sich in der Stadt mit einem Male das erbärmlichste Geschrei und Geheul, das man sich nur vorstellen kann, und es ist schlechterdings unmöglich, einen Begriff davon zu geben. Ich konnte sehr deutlich Weiber und Kinder in dem jämmerlichsten Aufzuge auf den Straßen hin- und herrennen sehen. Die Stadtmauer hatte längs der Seite, wo der Fluss war, keine so große Höhe, sodass ich deutlich den Markt und alle Straßen übersehen konnte, die auf den Flüß hinabgingen. Ungefähr eine Stunde später, als sich das erste Geschrei erhob, war alles in der größten Verwirrung. Es wurde wenig geschossen, und die ganze Exekution bestand in nichts anderem, als dass man Kehlen abschnitt und alles, was man in den Häusern antraf, ermordete.

Die tapfere Garnison verteidigte sich zwar unter der Anführung ihres braven Barons Falkenberg so lange als nur möglich, wurde aber zuletzt gänzlich niedergehauen. Nun brachen die kaiserlichen Truppen die Tore auf, stürzten sich von allen Seiten hinein in die Stadt, und das Gemetzel war grässlich. Wir konnten deutlich das Volk haufenweise die Straße herunterstürzen sehen, um der Wut der Feinde zu entgehen, die ihnen nachsetzten und alles niederstießen, was sie erreichen konnten, die übrigen aber bis an den Fluss hinabtrieben, wo sich die Unglücklichen in Verzweiflung einander selbst in den Fluss stießen, sodass viele Tausende, besonders Weiber und Kinder, darin ihr Grab fanden.

Verschiedene Männer, welche schwimmen konnten, kamen auf unsere Seite herüber, wo die Soldaten, die nicht beim Gefecht gewesen, und also nicht so sehr aufgebracht waren, ihnen Pardon gaben und sie aufnahmen. Bei dieser Gelegenheit muss ich zur Ehre der deutschen Offiziere im Fort ihrer Menschlichkeit Erwähnung tun. Sie hatten fünf kleine flache Boote, gaben ihren Soldaten die Erlaubnis, sich ihrer zu bedienen, um zu retten, wen sie retten könnten und befahlen ihnen, keinen einzigen Mann zu töten, sondern sie nur zu Gefangenen zu machen.

Doch ihre Menschlichkeit wurde ihnen auch nicht übel gelohnt. Denn die Soldaten vermieden absichtlich die Plätze, wo ihre Kameraden mit Niedermetzeln beschäftigt waren und ruderten vielmehr dahin, wo das Volk in großen Haufen stand und um Hilfe schrie, da es jede Minute erwartete, entweder ersäuft oder ermordet zu werden. Von diesen setzten sie zu verschiedenen Zeiten an 600 Personen über, sahen aber sehr sorgfältig darauf, keinen in die Boote zu nehmen, der ihnen nicht eine gute Bezahlung bot. Niemals müssen Gold, Silber und Juwelen größere Dienste geleistet haben als hier, denn wer etwas anzubieten hatte, dem war schon so gut wie geholfen.

Dies glückte unter anderm einem Bürger der Stadt, der eins von den Booten den Strom heraufkommen sah. Es war noch zu weit von ihm entfernt, um es durch Rufen erreichen zu können, er nahm also ein Sprachrohr und rief den Soldaten zu, dass er ihnen 20 000 Taler geben wollte, wenn sie ihn übersetzen würden. Sogleich ruderten sie dicht an das Ufer hin, wo er stand, und nahmen ihn nebst seinem Weibe und sechs Kindern ins Boot. Es sprangen aber aus dem Gedränge des Volkes so viele hinein, dass das Boot wahrscheinlich gesunken sein würde, und die Soldaten genötigt waren, eine große Anzahl mit Gewalt wieder hinauszustoßen. Währenddessen stürzten einige Feinde die Straße herunter und trieben alle diejenigen, die noch am Ufer standen, wütend in den Strom.

Den Bürger aber nebst seinem Weibe und seinen Kindern setzten sie glücklich im Boote über, und trotzdem er die Summe nicht bar bei sich führte, so gab er doch jedem Soldaten an Geld und Juwelen so viel, dass sie alle dadurch ein ansehnliches Vermögen erwarben.

Ich bin nicht imstande, alle die Grausamkeiten zu schildern, die an diesem Tage verübt wurden. Nachmittags um 5 Uhr stand die ganze Stadt in Flammen und die Reichtümer, die dabei durch Feuer verwüstet wurden, waren unschätzbar und für den Eroberer selbst ein sehr großem Verlust. Wenn ich nicht irre, so blieben außer der Hauptkirche und ungefähr 100 Häusern wenig oder gar nichts übrig.

Dies war für mich ein sehr trauriges Willkommen und brachte mir Grausen und Abscheu vor dem Heere des Kaisers sowohl wie vor dem ganzen Kriege bei.

Den dritten Tag nach diesem Morden verließ ich das Lager, als das Feuer in der Stadt noch kaum gelöscht war, und da ich ein sicheres Geleit von hier nach der Pfalz erhielt, wandte ich mich von der Landstraße ab nach Emmerfeld, einem kleinen Dorfe an der Elbe, aber auf Wegen, von denen ich keine Nachricht geben kann, da ich einen Bauern zum Wegweiser hatte, von dem ich kein Wort verstehen konnte. Endlich kam ich am 17. Mai in Leipzig an.

Wir trafen den Kurfürsten in voller Tätigkeit an, um seine Armee zu verstärken, das Volk selbst aber war in der größten Furcht, die man sich nur vorstellen kann. Man erwartete jeden Tag den General Tilly, der durch seine Grausamkeit, die er bei der Eroberung von Magdeburg bewiesen hatte, den Protestanten so schrecklich geworden war, dass man, wo er hinkam, nichts weniger als Gnade erwartete.

Die Macht des Kaisers war allen Protestanten so furchtbar geworden, seitdem sie besonders der Reichstag von Regensburg in eine weit schlimmere Lage versetzt hatte, als sie sich zuvor befunden hatten, dass sie nicht nur den Leipziger Beschlüssen beitraten, welche jedermann mehr für einen Schritt der Verzweiflung als für irgendein wahrscheinliches Mittel zu ihrer Errettung ansah, sondern dass sie auch insgeheim die Protektion auswärtiger Mächte, besonders des Königs von Schweden suchten, der ihnen auch bereits einen schleunigen und nachdrücklichen Beistand versprochen hatte.

Und ihr Glück war es, dass sich ihrer der König mit so vielem Nachdruck annahm, denn sonst hätten aller Wahrscheinlichkeit nach ihre Leipziger Beschlüsse zu weiter nichts gedient, als ihren Untergang zu beschleunigen. Ich erinnere mich noch sehr deutlich, mit welcher Verachtung man bei meinem Aufenthalte unter der kaiserlichen Armee von den protestantischen Truppen sprach. Nicht nur die Kaiserlichen, sondern selbst die Protestanten betrachteten sie als so gut wie verloren. Der Kaiser hatte nicht weniger als 200 000 Soldaten in verschiedenen Armeen auf den Beinen, von welchen der größte Teil den Protestanten allenthalben auf dem Nacken saß.

Hierzu kam noch, dass der General Tilly an irgendeine Stadt oder an einen Fürsten, die an der Union teilgenommen hatten, nur ein drohendes Schreiben ergehen lassen brauchte, und sogleich unterwarfen sie sich, fielen von dem Leipziger Vertrage ab und nahmen kaiserliche Besatzung ein, wie zum Beispiel die Städte Ulm und Memmingen, das Herzogtum Württemberg und noch verschiedene andere. Nur der Herzog von Sachsen und der Landgraf von Hessen waren die einzigen, die den sinkenden Mut der Protestanten noch aufrecht erhielten, alle Friedensbedingungen ausschlugen und die Drohungen des kaiserlichen Generals verachteten. Den Kurfürsten von Brandenburg trieb nachher die Notwendigkeit, gemeinschaftliche Sache mit ihnen zu machen.

Der Kurfürst von Sachsen musterte also seine Truppen unter den Wällen von Leipzig, und da ich schon vor zwei Tagen in dieser Stadt angekommen war, sah ich sie selbst die Revue passieren. Der Kurfürst, der auf einem schönen Pferde saß, ritt in Begleitung seines Feldmarschalls Arnheim durch die Glieder und schien sehr zufrieden mit ihnen zu sein, und in der Tat gewährten sie auch einen sehr schönen Anblick. Ich aber, der ich Tillys Armee und dessen alte abgehärtete Leute gesehen hatte, deren Kriegszucht und Manöver bis zu einer Art Vollkommenheit gebracht und deren Mut schon so oft erprobt worden war, konnte die sächsische Armee nicht ohne Betrübnis ansehen, wenn ich bedachte, mit wem sie es zu tun haben würde.

Tillys Soldaten waren finstere trotzige Kerle, ihr Gesicht war mit den Ehrenzeichen kühnen Mutes, mit Wunden und Narben bedeckt, und auf ihren Rüstungen konnte man noch deutlich die abgeprallten Musketenkugeln und den Rost von den Winterstürmen sehen. Ich bemerkte, dass ihre Kleider stets sehr schmutzig. ihre Waffen aber glänzend und poliert waren. Sie waren gewöhnt, unter freiem Himmel zu kampieren und bei Frost und Regen zu schlafen. Ihre Pferde waren so mutig und hart wie sie selber und vortrefflich zu allen Bewegungen abgerichtet. Die Soldaten wussten so genau, was sie zu tun hatten, sodass allgemeine Befehle genügten. Jeder Gemeine war imstande, das Kommando übernehmen zu können, und ihre Schwenkungen, Märsche, Kontermärsche und übrigen Manöver verrichteten sie so pünktlich und mit einer solchen Geschwindigkeit, dass ausdrückliche Kommandoworte selten unter ihnen gehört wurden. Ihre öfteren Siege hatten sie ziemlich stolz gemacht, und sie wussten kaum, was fliehen heißt.

Es waren schon einige Botschaften zwischen dem Grafen Tilly und dem Kurfürsten von Sachsen hin- und hergegangene der Kurfürst aber ließ jenem stets nur zweideutige Worte geben, wodurch er selbst Zeit zu gewinnen und Tilly aufzuhalten glaubte. Tilly aber wollte sich nicht mit bloßen Worten abspeisen lassen, rückte mit seiner Armee näher gegen Sachsen vor, übersandte dem Kurfürsten vier Vorschläge zur Unterzeichnung und verlangte unverzüglich eine bündige Antwort darauf.

Erstens sollte der Kurfürst seine Truppen dahin

bringen, dass sie in kaiserliche Dienste träten und er selbst sollte in eigener Person gegen den König von Schweden zu Felde ziehen.

Zweitens sollte er der kaiserlichen Armeen Quartier in seinem Lande geben und sie mit dem notwendigen Proviant versorgen.

Drittens sollte er aus der Leipziger Union austreten und den zehn Artikeln entsagen.

Viertens sollte er die Güter und Länder der Kirche restituieren.

Der Kurfürst, den der Trompeter des Generals Tilly sehr heftig wegen einer unverzüglichen Antwort drängte, saß die ganze Nacht und einen Teil des nächsten Tages mit seinen geheimen Räten, um zu überlegen, was man nun für eine Antwort zu geben habe. Endlich beschloss er ihn mit kurzen Worten sagen zu lassen: der Kurfürst wäre bereit, für die Verteidigung der protestantischen Religion und der Leipziger Verträge zu leben und zu sterben und dem General Tilly die Spitze zu bieten.

Der Würfel war also gefallen. Der Kurfürst brach sogleich mit seiner ganzen Armee auf, um nach Torgau zu marschieren, denn er befürchtete, Tilly möchte vor ihm dort ankommen, um ihn an der Vereinigung mit dem König von Schweden zu hindern. Noch hatte der Kurfürst keine bindenden Verhandlungen mit Gustav Adolf abgeschlossen, und da der Kurfürst von Brandenburg schon einige Bedenken geäußert hatte, sich mit den Schweden zu vereinigen, so zögerten sie jetzt beide unter allerhand nichtigen Einwendungen so lange, bis sie dadurch beinahe selbst ihren eigenen Untergang befördert hätten.

Der Kurfürst von Brandenburg hatte dem König durch einen früheren Vertrag die Festung Spandau eingeräumt, um ihm dadurch im Notfall den Rückzug für seine Armee zu sichern, und der König war schon bis Frankfurt a. O. vorgerückt, als plötzlich wieder einige kleine Schwierigkeiten entstanden, der Kurfürst von Brandenburg der Sache abgeneigt zu sein schien und mit einer Art Gemütsruhe an Gustav Adolf die Forderung stellte, ihm die Festung Spandau wieder abzutreten.

Gustav Adolf, der sogleich auf den Gedanken kam, dass der Kurfürst mit dem Kaiser Frieden geschlossen und nun entweder als Feind gegen ihn auftreten oder eine völlige Neutralität beobachten wollte, gab ihm sein Spandau großmütig wieder zurück, kehrte aber unverzüglich um und belagerte ihn mit der ganzen Armee in seiner Hauptstadt Berlin. Nun sah der Kurfürst seinen Fehler ein und durch weibliche Vermittlung, vielleicht weil die Königin von Schweden die Schwester des Kurfürsten war, wurde die Sache wieder beigelegt und der Kurfürst von Brandenburg vereinigte nun seine Truppen mit den Schweden.

Der Kurfürst von Sachsen aber hätte sich durch sein Zögern beinahe seinen eigenen Untergang zugezogen, denn die Kaiserlichen waren unter der Anführung des Grafen von Fürstenberg in seine Lande eingefallen, hatten sie von Halle aus in Besitz genommen, und Graf Tilly war schon auf dem Marsche zu ihm zu stoßen, welches kurz darauf geschah, verheerte das ganze Land und fing an Leipzig zu belagern. Der Kurfürst, der nun aufs Äußerste getrieben war, warf sich den Schweden lieber ohne Bedingungen in die Arme, als dass er erst vorher mit ihnen verhandelte, und so vereinigte sich die sächsische Armee am 2. September mit der schwedischen.

Ich war nur nach Leipzig gekommen, um die Armee des Kurfürsten von Sachsen zu sehen; da nun diese, wie ich bereits erwähnt habe, nach Torgau marschiert war, so hatte ich auch hier nichts mehr zu suchen, auch war die Annäherung des Grafen Tilly und der kaiserlichen Armee Ursache genug, mich schnell von hier wegzubegeben, denn ich hatte keine Lust, mich mit belagern zu lassen. Auf diese Art verließ ich am 27. August die Stadt, wie schon verschiedene der vornehmsten Einwohner vor mir getan hatten, und wie noch mehr getan haben würden, hätte nicht der Gouverneur einen öffentlichen Befehl dagegen ergehen lassen. Außerdem wussten sie wirklich nicht, wohin sie fliehen sollten, denn alle Plätze waren auf die gleiche Weise der Gefahr ausgesetzt, und das arme Volk befand sich in einer schrecklichen Furcht vor einer Belagerung und vor der Wut und den Grausamkeiten der Kaiserlichen, da das Beispiel von Magdeburg ihnen noch in frischem Andenken war. Der Kurfürst war mir seiner Armee nach Torgau marschiert und hatte die Stadt zwar gut verproviantiert, aber nur mittelmäßig befestigt zurückgelassen.

In dieser Lage verließ ich sie, wie sie noch einen großen Vorrat von Proviant aufkauften, sehr eifrig waren, den Stadtgraben auszuräumen, die nötigen Palisaden aufzusetzen, die Befestigungswerke auszubessern, kurz, alles zu einer förmlichen Belagerung vorzubereiten. Ich folgte der sächsischen Armee nach Torgau und blieb in dem Lager bis sie sich mit der Armee des Königs von Schweden vereinigte. Ich hatte nun alle Mühe, meinen Begleiter, den Hauptmann Fielding, davon abzubringen, dass er nicht bei der kurfürstlich sächsischen Armee Dienste nahm. Ein sächsischer Oberst, mit dem wir ziemlich gut bekannt geworden waren, erbot sich ihm den Platz eines

Fahnenjunkers bei einem alten Kavallerieregiment zu verschaffen. Aber der Unterschied, den ich zwischen dieser neuen Armee und Tillys alten Truppen bemerkt hatte, hatte einen so tiefen Eindruck gemacht, dass ich nicht die geringste Neigung in mir verspürte in sächsische Dienste zu treten, und deswegen überredete ich auch meinen Begleiter, vorderhand noch einige Zeit davon abzustehen, bis wir ein wenig klarer in dieser Angelegenheit sehen könnten und besonders bis wir die schwedische Armee gesehen hätten, von welcher uns bereits soviel zu ihrem Vorteil erzählt worden war.

Die Schwierigkeiten, welche der Kurfürst von Sachsen zu machen schien, sich mit dem König von Schweden zu vereinigen, wurde durch eine Unterhandlung mit Sr. schwedischen Majestät am 2. September in Coswig, einer kleinen Stadt an der Elbe, wo Gustav die Nacht vorher angekommen war, glücklich beigelegt. Denn der General Tilly war schon in das Land des Kurfürsten eingebrochen, hatte den ganzen unteren Teil desselben bereits geplündert und verwüstet und fing nun an, die Hauptstadt Leipzig zu belagern.

Die dringende Not machte also jetzt dem Kurfürsten von Sachsen jede Bedingung annehmbar. Die größte Schwierigkeit fand er darin, dass sich der König von Schweden das unumschränkte Kommando auch über die sächsische Armee vorbehielt, eine Bedingung, auf welche der Kurfürst weniger gern einging, als er Ursache dazu gehabt hätte, wenn wir die Erfahrung und die Klugheit des Königs in Betracht ziehen.

Ich hatte nicht soviel Geduld, das Ende ihrer besonderen Unterhandlungen abzuwarten, sondern verließ, sobald der Weg frei war, das sächsische

Lager, um die schwedische Armee zu Gesicht zu bekommen.

Zuerst traf ich in Belzig, einer kleinen Stadt am Flusse Werra, die schwedischen Vorposten an, als sie gerade abgelöst wurden und nun wieder zurückgingen. Da ich einen Pass vom englischen Gesandten bei mir hatte, so wurde ich mit großer Achtung vom Offizier, der die Posten ablöste, aufgenommen und ging mit ihm in das Lager. Frühmorgens um neun Uhr war die ganze Armee in vollem Marsch, der König ritt in eigener Person auf einem Fliegenschimmel an der Spitze des Heeres von einer Brigade zur andern und kommandierte den Abmarsch von jeder Linie selbst.

Als ich die schwedischen Truppen zu Gesicht bekam, fand ich ihre Kriegszucht und ihre Ordnung von der größten Vollkommenheit, das bescheidene und vertrauliche Wesen der Offiziere sowohl wie das gesittete Betragen der Gemeinen machte, dass ihr Lager einer gut eingerichteten Stadt ähnlich schien, und die geringste Bauersfrau war mit ihren Waren, die sie hier zu Markt brachte, vor jeder Gewalttat so sicher, als sie es nur immer in den Straßen von Wien sein konnte. Hier gab es keine Regimenter von liederlichen Weibspersonen in zerrissenen Kleidern, wie man sie bei der kaiserlichen Armee antraf, noch viel weniger wurden Frauenzimmer im Lager geduldet außer einigen, die wirklich Soldatenweiber und welche unentbehrlich waren, um für die Wäsche und übrigen Kleidungsstücke der Soldaten die nötige Sorge zu tragen, auch ihnen ihr Essen zu bereiten.

Die Soldaten selbst waren zwar nicht stutzerhaft, aber sehr gut gekleidet und mit vortrefflichen Waffen versehen, auf die sie außerordentlich viel zu halten schienen, und obgleich sie kein so fürchterlicher Anblick waren wie Tillys Soldaten, als ich sie zum ersten Male sah, so gab ihnen doch ihre ganze Haltung zusammen mit dem, was wir schon von ihnen gehört hatten, das Aussehen von Siegern und der Unüberwindlichkeit.

Die Kriegszucht und die Ordnung bei ihren Märschen, ihr Lager und ihre Manöver waren vortrefflich und einzig in ihrer Art, hierzu kam noch, was man in keiner Armee, außer der königlich schwedischen, antraf, dass des Königs eigene Erfahrung, Einsicht und sein Beobachtungsgeist in der damals gebräuchlichen Art die Armee zu führen viele vortreffliche Verbesserungen gemacht hatte.

Da ich die Schweden gerade auf dem Marsche antraf, so hatte ich keine Gelegenheit, mit irgendeinem unter ihnen eine Bekanntschaft anzuknüpfen, bis sie sich mit der sächsischen Armee vereinigt hatten, und da von dieser Zeit bis zur berühmten Schlacht bei Leipzig nur vier Tage dazwischen waren, so war auch da noch unser Bekanntenkreis sehr klein, nur die, mit denen wir zufälligerweise durch eine Unterhaltung bekannt wurden. Ich traf verschiedene Edelleute in der Armee an, die sehr gut englisch sprachen, und außer diesen gab es noch drei Regimenter Schotten darunter, deren Oberste Lord Rea, Sir Lumsdell und Sir John Hepburn beim Könige in besonders großer Gnade standen. Als ich mit dem Letzteren durch einen Zufall bekannt wurde, fand ich, dass er schon vor vielen Jahren einer der vertrautesten Freunde meines Vaters gewesen war, und in Anbetracht dieses Umstandes zeigte er sich sehr zuvorkommend gegen mich, und bald darauf traten wir in eine Art vertrauter Freundschaft. Er war in der Tat ein vollkommener Soldat und eben deswegen außerordentlich bei diesem tapferen Könige beliebt, der immer die

Verdienste zu belohnen wusste.

Nun war es allerdings eine Unmöglichkeit für mich, meinen mutigen Reisegefährten länger abzuhalten, in schwedische Dienste zu treten, und alles war auch so einladend, dass ich ihn deshalb keineswegs tadeln konnte. Ein Hauptmann aus Sir Hepburns Regiment war sehr gut mit ihm bekannt geworden, und da Fielding ebenso viel Kriegerisches in seinem Gesicht als Tapferkeit in seinem Herzen hatte, so hatte der Hauptmann ihn bald überredet, Dienste zu nehmen, und hatte ihm versprochen, sein ganzes Ansehen zu gebrauchen, ihm eine Kompanie bei der schottischen Brigade zu verschaffen. Fielding hatte mir das Versprechen geben müssen, mich auf meinen Reisen ohne meine Einwilligung nicht zu verlassen: dies war noch das einzige Hindernis, das sich seinen Wünschen, in schwedische Dienste zu gehen, entgegensetzte. Eines Abends gingen wir zusammen in das Zelt des Hauptmanns, wo wir ganz ohne Zurückhaltung miteinander sprachen. Auf einmal fragte der Hauptmann meinen Begleiter sehr kurz aber freundlich, indem er mich mit einer etwas ernsten Miene ansah: Ist das der Herr, Sir Fielding, der dem König von Schweden soviel Eintrag getan hat?

Ich wurde dadurch in eine doppelte Unruhe versetzt, sowohl durch den Ausdruck, den der Hauptmann brauchte, als durch den Obersten Sir John Hepburn, der in demselben Augenblicke ins Zimmer trat. Der Oberst hörte noch etwas von der Frage, wusste aber ebenso wenig wie ich, was sie eigentlich bedeuten sollte, sah mich jedoch in einiger Verlegenheit hierüber und wollte jetzt, nachdem die gewöhnlichen Begrüßungen von beiden Seiten gewechselt waren, durchaus wissen, was ich getan hätte, um dem

Dienste Sr. Majestät hinderlich zu sein.

Oh, wahrhaftig soviel, Sir, antwortete der Hauptmann, dass ihm Se. Majestät der König gewiss sehr wenig verbunden sein würde, wenn er es wüsste.

Ich bin außer mir, Sir, sagte ich, wenn ich, der ich nur ein Fremder bin, an irgendeiner Sache beteiligt sein sollte, aber wenn Sie die Güte haben wollen, mir meinen Fehler zu sagen, so werde ich mich aus allen Kräften bemühen, in meinem Betragen alles das zu ändern, was irgendjemandem, besonders dem Dienste Sr. Majestät nachteilig sein könnte.

Topp, Sir, sagte der Hauptmann, ich werde Sie beim Wort nehmen. Der König von Schweden hat ein besonderes Gesuch an Sie.

Sie würden mich sehr verbinden, Sir, erwiderte ich, wenn Sie mir zwei Dinge erklären wollten: Erstlich, wie es möglich sein kann, da ich in der ganzen Armee fast noch keinem Menschen, geschweige denn Sr. Majestät bekannt bin, zweitens, worin das sogenannte Gesuch bestehen kann.

Nun, Sir, sagte er, Se. Majestät verlangen, dass Sie Ihren Freund nicht abhalten, bei uns in Dienste zu treten, da er es doch so sehr zu wünschen scheint, dass er nur noch Ihrer Einwilligung bedarf.

Ich hege eine viel zu tiefe Ehrfurcht vor dem König, antwortete ich, als dass ich in irgendeinem Stücke mich unterstehen sollte seinen Befehlen entgegen zu sein, indes kommt es mir ein wenig unfreundlich vor, dass Sie das zu einem Befehl des Königs machen, wovon Se. Majestät höchstwahrscheinlich nicht ein Wort wissen.

Hier brach Sir John Hepburn die Sache etwas ernsthaft ab und trank dem Hauptmann plötzlich ein Glas Leipziger Bier zu.

Sehen Sie, Hauptmann, sagte er, Sie werden doch den Herren nichts erpressen wollen. Der König verlangt von keinem Menschen Dienste, die nicht völlig freiwillig sind.

Die Unterhaltung wurde dann auf andere Dinge gelenkt, und als der Oberst aus meinen Erzählungen hörte, dass ich Tillys Armee gesehen hätte, wurde er sehr neugierig, tat Fragen über Fragen und schien recht zufrieden mit den Antworten, die ich ihm geben konnte.

Am Tage darauf ging die Armee bei Wittenberg über die Elbe und vereinigte sich darauf bei Torgau mit der sächsischen Armee. Der König stellte hier beide Heere in Schlachtordnung und gab jeder Brigade den Posten in dem Vorder- oder Hintertreffen, den sie nach seinem Plane in der Schlacht haben sollten. Ich muss dem Andenken dieses glorreichen Heerführers die Gerechtigkeit widerfahren lassen, dass ich niemals eine Armee mit soviel Mannigfaltigkeit und sogleich mit soviel Einfachheit und genauer Regelmäßigkeit in Schlachtordnung gestellt gesehen habe, obgleich ich seit der Zeit noch viele Armeen sah, die von den größten Feldherren des Jahrhunderts angeführt wurden. Die Ordnung, vermöge deren seine Leute so aufgestellt waren, dass sie einander flankieren und sich wechselseitig unterstützen konnten, die Methoden, nach denen ein Korps, das in Unordnung geraten war, in ein anderes einrücken konnte, wie eine Eskadron sich wieder sammelte, ohne dass dadurch eine andere in Verwirrung geriet, und die Art, auf welche die Kavallerie allenthalben von der Infanterie, die Infanterie von der Kavallerie und alle beide von der Artillerie flankiert, gedeckt und unterstützt wurden, alles das war so vortrefflich, dass nichts weiter nötig war, als diese

Anordnung pünktlich auszuführen, um es fast unmöglich zu machen, dass ein so aufgestelltes Heer in Unordnung gebracht werden konnte.

Als die Revue vorüber und die Truppen wieder in ihre Lager gerückt waren, begegnete mir der Hauptmann, mit dem ich gestern Leipziger Bier getrunken hatte, und sagte mir, ich müsste mit ihm gehen und den Abend in seinem Zelt bei ihm speisen, damit er mich wegen der Beleidigung, die er mir gestern zugefügt hätte, um Verzeihung bitten könne.

Ich antwortete ihm, dass er das gar nicht zu tun brauche, weil ich nicht im geringsten beleidigt wäre, doch würde ich mir mit Vergnügen die Ehre geben, ihn in seinem Zelte zu besuchen, aber nur unter der Bedingung, dass er mir sein Ehrenwort gäbe, von dem gestrigen Scherz nie wieder als von einer Beleidigung zu sprechen.

Wir waren noch keine Viertelstunde in seinem Zelte, als Sir John Hepburn abermals hereintrat, sich sogleich an mich wendete und sagte: dass er sich sehr freue, mich hier zu sehen, er wäre nur gekommen, um sich zu erkundigen, wo ich zu erfragen wäre, und ich müsste ihm die Ehre erweisen, mit ihm zum Könige zu gehen, der aus meinem eigenen Munde die Nachrichten zu hören wünschte, die ich von der kaiserlichen Armee geben könnte. Ich muss gestehen, dass mich dies anfänglich in Verlegenheit setzte, auf welche Art ich mich Sr. Majestät vorstellen sollte, allein da ich soviel von der Herablassung des Königs und von seiner ganz besonderen Freundlichkeit gegen den geringsten gemeinen Soldaten gehört hatte, so verschwand diese Verlegenheit sehr bald, ich sagte dem Obersten Hepburn einige verbindliche Worte, dankte ihm für die Ehre, die er mir bereitet hätte, und erbot mich, sogleich aufzustehen und ihn zu begleiten.

Nein, nein, sagte der Oberst, jetzt noch nicht, erst wollen wir essen, denn ich sehe wohl, dass der Hauptmann was Gutes zum Abendbrot angeschafft hat, und des Königs Befehl lautet erst auf sieben Uhr.

Sir John wurde aufgeräumt und freundlich, er erzählte mir mit großer Freude verschiedene Gelegenheiten, durch welche mein Vater ihm ganz besonders lieb geworden wäre.

Wir setzten uns darauf zu Tisch, tranken wie gewöhnlich auf die Gesundheit des Königs, und der Oberst und ich brachen etwas früher auf, weil wir noch etwas miteinander besprechen wollten. Während wir ins Hauptquartier gingen, fragte er mich ausführlich nach meinen Reiseplänen, nach dem Zwecke meiner Reise und welche Gelegenheit mich zum Heere des Königs gebracht hätte.

Ich erzählte ihm kurz die Geschichte meiner Reise: dass ich von Wien darum hierher gekommen sei, damit ich den König Gustav Adolf und seine Armee zu sehen bekäme. Er fragte mich, ob ich wünschte, er solle sich für mich verwenden, er meinte damit, ob ich bei der Armee eingestellt zu werden wünschte. Ich tat gar nicht, als ob ich ihn verstünde, sondern sagte ihm, die Protektion, welche seine Bekanntschaft mir gewähre, wäre mehr, als ich jemals hätte wünschen können, weil sie mir die bequemste Gelegenheit verschaffte, meine Neugierde zu befriedigen, die eigentlich der Hauptzweck meiner Reise wäre.

Als er merkte, dass ich nicht gesonnen war, Dienste zu nehmen, sagte er mir sehr freundlich, ich sollte in allem und jedem über ihn verfügen, sein Zelt, sein Wagen, seine Pferde, seine Bedienten, alles sollte jederzeit zu meinen Diensten sein, doch aus Freundschaft gäbe er mir den wohlgemeinten Rat, dass ich mich ein wenig von der Armee entfernen sollte, denn die Armee würde morgen aufbrechen, und der König wäre entschlossen, sich mit dem General Tilly zu schlagen, er wünsche nicht, dass ich mich bei dieser Gelegenheit in Gefahr begäbe, und wenn ich seinem Rate folgen wollte, so schlüge er mir vor, unterdessen den Berliner Hof zu besuchen, wohin er mir einen seiner Leute zur Begleitung mitgeben wollte.

Dieser Vorschlag war zu gütig, als dass ich für ihn nicht die zärtlichste Dankbarkeit empfinden musste, deren ich nur fähig war. Ich sagte ihm, seine Sorgfalt für mich verpflichtete mich ihm derart, dass ich nicht wüsste, wie ich sie ihm erwidern sollte, doch wenn es ihm gefiele, mich nach meiner eigenen Wahl handeln zu lassen, so bäte ich ihn um keinen größeren Vorzug als den, dass ich in der bevorstehenden Schlacht unter seinem Kommando eine Waffe tragen dürfte.

Junger Freund, sagte er, ich könnte es nicht vor Ihrem Vater verantworten, wenn ich dulden würde, dass Sie so weit von ihm entfernt sich solchen Gefahren aussetzten.

Ich antwortete, mein Vater würde ganz sicher den Vorschlag, den er mir gemacht hätte, für einen Beweis seiner Freundschaft und Fürsorge ansehen, indes glaubte ich meinen Vater besser zu kennen: dass ich mir nicht seine Billigung zuziehen würde, wenn ich jenen Vorschlag annähme, ich wäre sicher, mein Vater würde selbst mit Extrapost herbeieilen, um einer solchen Schlacht unter einem solchen Feldherrn beizuwohnen, und ich könnte nicht zugeben, dass ihm jemals die Nachricht gebracht würde, sein Sohn wäre 50 Meilen geritten, um davon fortzukommen.

Der Oberst schien über den Entschluss, den ich mir so fest vorgenommen hatte, ein wenig betroffen, er sagte mir, dass ihm mein Mut zwar gefiele, allein, setzte er hinzu, niemand erwerbe sich ein Ansehen dadurch, dass er sich unnötigerweise in Abenteuer begäbe, und niemand verlöre dadurch sein Ansehen, dass er Gefahren vermiede, zu denen er nicht berufen wäre. Für einen braven Mann, schloss er, ist es genug, dass er sich dann tapfer hält, wenn er zu etwas befohlen ist. Ich habe um dieses leidigen Ehrenpunktes willen oft genug gefochten und habe mir doch niemals etwas anderes dadurch erworben als Verweise aus des Königs eigenem Munde.

Aber trotz alledem, Sir, antwortete ich, muss ein Mann, der sich durch Tapferkeit emporschwingen will, sie doch irgendwo zeigen, und wenn ich einmal eine Befehlshaberstelle in der Armee bekommen sollte, so möchte ich doch erst erprobt werden, ob ich ihrer würdig wäre. Ich habe noch nie irgendeinen Dienst mitgemacht, und ich muss doch zu irgendeiner Zeit dazu Anleitung bekommen, und Sir, ich werde nie einen besseren Lehrmeister finden als Sie, noch eine bessere Schule als die schwedische Armee.

Gut, Sie sollen diesen Unterricht und diese Schule haben, wenn die Schlacht vorüber ist, denn ich kann Ihnen im Voraus sagen, dass es heiß hergehen wird. Tilly hat eine starke Armee von alten Burschen, die das Dreinschlagen gewöhnt sind, und es ist meiner Treu ein bisschen zu viel, dass Sie Ihren ersten Versuch im Fechten mit solchen Eisenfressern wagen sollen – Sie können diesen Winter über unsere Kriegszucht mit ansehen und dann im folgenden Sommer den ersten Feldzug mit uns machen, Sie werden alsdann besser in die Sache eingeweiht sein, und ich stehe Ihnen dafür, dass es uns an Gelegenheit zum Fechten nicht fehlen wird. Wir nehmen niemals unsere neuen Leute bei dem ersten Feldzuge in ordentliche Schlachten mit, sondern stecken sie erst in

Garnison oder erproben sie auf Streifzügen.

Sir, sagte ich mit ein wenig mehr Freimütigkeit, ich denke nicht, dass ich den Krieg als Handwerk betreiben werde, glaube also auch nicht, dass ich erst die Lehrjahre durchmachen muss. Es muss doch schon ein hitziges Treffen sein, aus dem kein einziger entkommt. Also Sir, komme ich davon, so hoffe ich, dass ich Ihnen keine Schande machen werde, und komme ich nicht davon, so wird es meinem Vater zur Beruhigung gereichen, wenn er hört, dass sein Sohn unter dem Kommando von Sir John Hepburn in der Armee des Königs von Schweden fechtend gefallen ist, und ich verlange keine bessere Inschrift auf meinen Grabstein.

Sie mögen recht haben, sagte Sir John, als wir gerade an dem Quartier des Königs angekommen waren und die Wachen durch ihre Anrufe: Wer da? unser weiteres Gespräch unterbrachen. Wir gingen in den Hof des Hauses, wo der König wohnte, ein unbedeutendes Haus eines Bürgers zu Düben. Sir John ging hinauf, während ich unten wartete, und begegnete gerade dem Könige, der eine kleine Treppe herunterkam und in ein geräumiges Zimmer ging, welches über die Stadtmauer hinweg die Aussicht auf ein freies Feld hatte, auf welchem ein Teil der Artillerie aufgestellt war. Sir John sandte nach wenigen Augenblicken seinen Bedienten, ich sollte hinaufkommen, und führte mich geradenwegs und ohne alle Umstände in das Zimmer des Königs, der im Fenster stand und sich auf die Ellenbogen gestützt hatte.

Das ist der englische Edelmann, von dem ich Eurer Majestät gesagt habe, dass er in dem kaiserlichen Heere gewesen ist.

Wie hat er denn hierher kommen können, fragte

der König Sir John, ohne von den Vorposten angehalten zu werden?

Vermittels eines Passes von unserem Gesandten zu Wien, sagte ich und machte eine tiefe Verbeugung.

Sie sind also in Wien gewesen, sagte der König.

Wie Eure Majestät sagen.

Der König legte sogleich einen Brief zusammen, den er in der Hand hatte, und es schien ihm mehr daran gelegen zu sein, etwas von Wien zu hören als von Tilly.

Und was gab es damals Neues in Wien?

Nichts als tägliche Nachrichten – eine nach der andern – von den Unglücksfällen der Kaiserlichen und von den Eroberungen Eurer Majestät, und das alles gab dem Hofe dort einen traurigen Anstrich.

Aber, sagte der König, wie spricht das Volk über diese Angelegenheiten?

Der gemeine Mann, Euer Majestät, ist in einer unbeschreiblichen Angst, und wenn Ihre Majestät nach der Einnahme von Frankfurt a. d. O. nur 20 englische Meilen nach Schlesien vorgerückt wären, so hätte die Hälfte der Einwohner von Wien die Stadt verlassen. Soviel kann ich sagen, dass sie bei meiner Abreise mit der Befestigung der Stadt beschäftigt waren.

Das hatten sie nicht nötig, antwortete der König lächelnd, meine Absicht ist nicht, sie zu belästigen, mein Weg führt mich nur nach den protestantischen Ländern.

In diesem Augenblicke trat der Kurfürst von Sachsen ins Zimmer. Er wollte sich wieder entfernen, als er sah, dass der König beschäftigt war, aber der König winkte ihm mit der Hand und rief ihm auf Französisch zu: Lieber Vetter, sagte er, hier ist der

Herr, der auf der Reise von Wien kommt.

Und nun musste ich alles wiederholen, was ich schon vorher gesagt hatte. Der König trat dann näher zu mir hin, und da Sir Hepburn Se. Majestät sagte, dass ich Hochdeutsch spräche, so wechselte er die Sprache und fragte mich auf Deutsch, wo ich General Tillys Armee gesehen hätte.

Bei der Belagerung von Magdeburg, sagte ich.

Bei Magdeburg? sagte der König und schüttelte den Kopf, Tilly muss mir noch eines Tages für diese Stadt Rechenschaft geben, und wenn auch nicht mir, doch gewiss einem größeren König als ich bin. Aber können Sie ungefähr sagen, wie stark die Armee war, die Tilly bei sich hatte?

Er hatte zwei Armeen bei sich, war meine Antwort, aber die eine wird, denke ich, Eurer Majestät nicht viel Schaden zufügen.

Zwei Armeen? sagte der König.

Ja, Eure Majestät, er hatte eine Armee von ungefähr 26 000 Männern und eine andere von mehr als 15 000 liederlichen Weibspersonen und ihrem Gefolge.

Ei ei, sagte der König, der sich des Lachens nicht enthalten konnte, diese Weibspersonen tun uns ebenso viel Schaden als die Armee, denn sie fressen das Land auf und verheeren die armen protestantischen Lande mehr als die Männer. – Aber, setzte er hinzu, spricht man im Ernst davon, dass man mit uns kämpfen will?

Ernsthaft genug, zum Unglück aber haben Eure Majestät noch nicht so viele Gefechte erlebt, als Sie nach ihren Reden schon Niederlagen erlitten haben.

Nun, sagte der König, die Mannschaft kenne ich noch nicht, aber dem alten Korporal sieht das Tun so ähnlich wie das Reden, und ich werde sehen, wie sie sich morgen oder übermorgen benehmen werden.

Der König stellte darauf noch verschiedene Fragen an mich wegen der Niederlande, wegen des Prinzen von Oranien und wegen des Hofes und der Angelegenheiten in England, und da Sir John Hepburn Sr. Majestät sagte, dass ich der Sohn eines englischen Edelmannes von seiner Bekanntschaft wäre, so hatte der König die Gnade, ihn zu fragen, welche Maßregeln er meinetwegen für den Tag der Schlacht getroffen habe.

Hierauf wiederholte ihm Sir John das Gespräch, das wir unterwegs miteinander gehabt hatten. Der König schien besonderes Wohlgefallen daran zu finden und fing selbst an mir zuzureden.

Ihr englischen Edelleute, sagte er, seid ein wenig zu voreilig im Kriege, und das ist auch schuld, dass Ihr den Krieg so bald wieder verlasset.

Eure Majestät, antwortete ich, führen den Krieg auf eine so angenehme Art, dass jedermann sich sehnt, unter Ihrer Anführung zu fechten.

Nun so gar angenehm ist die Sache doch nicht, sagte der König, hier steht ein Mann, der Ihnen sagen kann, dass sie bisweilen ziemlich unangenehm ist.

Majestät, antwortete ich, ich kann noch nicht viel reden vom Kriege noch von der Welt, aber wofern ein beständiges Erobern das Angenehme des Krieges ausmacht, so haben Ew. Majestät Soldaten alles, was man sich nur wünschen kann.

Immerhin, antwortete der König, aber alles wohlüberlegt denke ich doch, dass Sie gut daran tun würden, wenn Sie dem guten Rate folgten, den Sir John Ihnen gegeben hat.

Eure Majestät mögen geruhen, mir alles und jedes

zu befehlen. Aber wenn Eure Majestät und so viele brave Männer ihr Leben wagen, so ist das meinige in keiner Weise in Betracht zu ziehen, und ich dürfte es meinem Vater bei meiner Rückkehr nach England nicht sagen, dass ich in Eurer Majestät Armee gewesen wäre und dort eine so schlechte Figur gemacht hätte, dass Eure Majestät mir nicht hätten erlauben wollen, unter Eurer Majestät Fahne zu fechten.

Gott bewahre, erwiderte der König, verwehren will ich es Ihnen nicht, aber Sie sind noch zu jung.

Und doch werde ich nie mit größeren Ehren sterben können als in den Diensten Eurer Majestät.

Ich sagte das mit soviel Freimütigkeit, und es gefiel dem König so gut, dass er mich fragte, ob ich lieber unter der Kavallerie oder Infanterie dienen wollte.

Ich würde entzückt sein, erwiderte ich, von Eurer Majestät selbst darin angewiesen zu werden, doch sollte ich aber diese Gnade nicht haben, so wäre mein Wunsch, unter dem Kommando von Sir John Hepburn meine Pike zu tragen, da er mir die Ehre erwiesen hat, mich Eurer Majestät vorzustellen.

Gut denn, versetzte der König, wendete sich an Sir John Hepburn und befahl ihm für mich Sorge zu tragen. Ich war hingerissen von dem gnädigen und herablassenden Benehmen des Königs, machte ihm eine tiefe Verbeugung und trat ab.

Zwei Tage darauf, am 7. September, brach die ganze Armee noch vor Tage von Düben auf und marschierte in eine weite Ebene, ungefähr eine Meile von Leipzig, wo wir den General Tilly mit seiner Armee in voller Schlachtordnung und in der bewundernswertesten Stellung antrafen, welche wohl einen prächtigen aber zugleich einen fürchterlichen

Anblick gab.

Tilly hatte als ein ehrlicher Spieler nur eine Seite der Ebene besetzt, die andere aber ganz frei und alle Zugänge für des Königs Armee offen gelassen, seine Armee aber setzte er nicht eher in Bewegung, als bis die ganze Armee des Königs in Schlachtordnung aufgestellt war und gegen ihn vorrückte. Er hatte bei seinem Heere 44 000 alte abgehärtete Krieger, die in allen Stücken so waren, wie ich sie oben beschrieben habe; ich will schon im Voraus sagen, dass niemals eine so schöne Armee so völlig geschlagen worden ist.

Der König von Schweden war nun nicht viel schwächer an Truppen, da er sich mit der sächsischen Armee vereinigt hatte, die allein 22 000 Mann ausmachte, und die sich auf dem linken Flügel in einem Haupttreffen und zwei Flügeln aufstellte, so wie es der König auf dem rechten Flügel machte.

Der König stellte sich in eigener Person auf den rechten Flügel seiner Kavallerie, und Gustav Horn kommandierte das Haupttreffen der Schweden, so wie der Kurfürst von Sachsen das Haupttreffen seiner eigenen Truppen und der General Arnheim den rechten Flügel der sächsischen Kavallerie anführte.

Die zweite Linie der Schweden bestand aus zwei schottischen und drei schwedischen Brigaden nebst der Finnländischen Kavallerie auf den Flügeln.

Im Anfange des Treffens drang Tillys rechter Flügel mit einer so unwiderstehlichen Wucht auf den linken Flügel der königlichen Armee ein, wo die Sachsen standen, dass ihm fast niemand widerstehen konnte. Die Sachsen ergriffen mit aller Macht die Flucht, und einige von ihnen brachten sogar schon die Nachricht ins Land, dass alles verloren und die Armee des Königs geschlagen wäre. Und man könnte es in der Tat für ein Versehen des Königs halten, dass er nicht einige seiner erprobten Truppen unter die Sachsen gestellt hatte, die größtenteils lauter angeworbene und noch ungeübte Truppen waren. Die Sachsen verloren hier fast 2000 Mann, und kaum ließen sie sich, einige wenige Pferde ausgenommen, in der ganzen Schlacht wieder sehen.

Ich und mein Reisegefährte Fielding wurden an die Spitze von drei schottischen Infanterieregimentern gestellt, die Sir John Hepburn kommandierte, mit der ausdrücklichen Anweisung des Obersten Hepburn, uns neben ihm zu halten.

Unsere Posten waren in der zweiten Linie, die eigentlich dem Haupttreffen des Königs zur Reserve dienen sollte, aber das Sonderbarste war, dass dieses Haupttreffen, welches aus vier großen Brigaden Infanterie bestand, während der ganzen Schlacht auch nicht ein einziges Mal angegriffen wurde, wir aber, die wir die Reserve hatten, das ganze Gewicht der kaiserlichen Armee aushalten mussten.

Die Veranlassung dazu war diese: Der rechte Flügel des kaiserlichen Heeres hatte die Sachsen geschlagen und setzte ihnen sehr heftig nach, Graf Tilly aber, der ein alter erfahrener Soldat war und mit Aufmerksamkeit jedem Versehen vorzubeugen versuchte, verbot alles weitere Nachsetzen. lasst sie laufen, sagte er zu seinen Truppen, die Schweden müssen wir schlagen oder wir richten so gut wie gar nichts aus.

Hierauf brachen die siegreichen Truppen in die Flanke der königlichen Armee ein, welche durch die Flucht der Sachsen schon ganz entblößt war. Gustav Horn kommandierte den linken Flügel der Schweden, schlug zuerst einige feindliche Regimenter, die ihn angriffen, brach in die Arrieregarde des rechten Flügels der Kaiserlichen ein und schnitt sie von der

Vorhut ab, die schon, während sie den Sachsen nachsetzte, ein großes Stück vorwärtsgerückt war.

Da er diese Nachhut zerstreut hatte, brach er in Tillys Haupttreffen ein und brachte den einen Teil desselben in Unordnung, während der andere Teil, der den Sachsen nachgejagt war, aber nunmehr wieder zurückkam, in die Nachhut des linken Flügels der schwedischen Armee einbrach und ihr in die Flanke fiel, denn sie stellte sich auf demselben Platze in Schlachtordnung auf, den die Sachsen vorher verlassen hatten.

Dies änderte die ganze Front und verursachte, dass die Schweden nach links schwenkten und an ihrer Flanke eine große Front machen mussten, um sich zu decken. Unsere Brigaden, die anfänglich so aufgestellt waren, dass sie die Hauptarmee deckten, mussten ebenfalls auf einen besonderen Befehl des Königs schwenken und sich auf die Seite der neuen Front stellen, um die Kaiserlichen anzugreifen. Diese bestanden außer der Kavallerie aus ungefähr 12 000 Mann ihrer besten Infanterie und griffen uns, durch den glücklichen Erfolg mit den Sachsen schon etwas kühn geworden, wie Furien an.

Der König hatte um diese Zeit den linken Flügel der Kaiserlichen schon fast geschlagen, ihre Kavallerie hatte mit größerer Eile als glücklichem Erfolge und weit schneller, als die Infanterie folgen konnte, den Angriff erneuert. Sie waren bereits in das erste Treffen des Königs eingebrochen, der König aber ließ sie durch; während nun das zweite Treffen den Ansturm aushielt und tapferen Widerstand leistete, folgte der König dieser feindlichen Kavallerie mit 13 Schwadronen Reiterei und einigen Musketieren auf dem Fuße nach, wodurch die Kaiserlichen eingeschlossen und gleichsam in einem Augenblicke alle niedergehauen wurden.

Diese unglückliche Niederlage der kaiserlichen Kavallerie auf dem linken Flügel gab nun dem König mehr die Möglichkeit, auch die nachfolgende Infanterie zu schlagen und seinem General Gustav Horn auf den linken Flügel einige Truppen zur Unterstützung zu schicken, der alle Hände voll mit dem Haupttreffen der Kaiserlichen zu tun hatte.

Aber nun kamen die Truppen, welche, wie ich bereits erwähnt habe, die Sachsen geschlagen hatten, wieder vom Nachsetzen zurück, hatten sich sehr beträchtlich vermehrt, griffen unsere Flanke an und erneuerten das Treffen auf eine schreckliche Weise.

Hier war es, wo ich viele unserer Leute fallen sah: den Obersten Hall, einen tapferen Soldaten, der die Nachhut auf dem linken Flügel der schwedischen Armee kommandierte; er focht wie ein Löwe, aber fast sein ganzes Regiment wurde abgeschnitten; doch er blieb nicht ungerächt, denn sie vernichteten das Fürstenbergsche Infanterieregiment fast gänzlich. Ebenso wie der Oberst Hall kam auch der Oberst Kullenbach mit seinem Kavallerieregimente in große Bedrängnis, er sowohl wie viele andere tapfere Offiziere fielen, kurz, der ganze linke Flügel wurde in die größte Unordnung gebracht und befand sich in einer sehr traurigen Lage.

Unter diesen Kämpfen kam der König heran, und als er gewahr wurde, welche Verwüstung der Feind unter Kullenbachs Regiment angerichtet hatte, ritt er an der Front unserer drei Brigaden hin und führte uns selbst zum Angriff. Der Oberst seiner Garde, der Baron Teuffel, wurde erschossen, eben als ihm der König einige Befehle gegeben hatte.

Die Schotten rückten weiter vor, wurden von einigen Regimentern Kavallerie unterstützt, die der

König ebenfalls zum Angriff befohlen hatte, und nun entstand erst die blutigste Schlacht, die je ein Mensch gesehen haben kann, denn die schottischen Brigaden gaben in drei Gliedern zur selben Zeit einer über des andern Kopf hinweg Feuer und trafen so gut, dass der Feind wie das Gras von der Sense dahinfiel.

Nun stürzten sich unsere Leute mitten in die feindliche Infanterie, wo sie am dichtesten stand, und schlugen mit den Kolben ihrer Flinten alle vor sich nieder, dessen ungeachtet dachte keiner der Feinde ans Fliehen: Tillys Soldaten konnten geschlagen und niedergehauen werden, aber keiner kehrte den Rücken oder gab einen Fußbreit nach, ehe sie von ihren Offizieren zum Schwenken, Marschieren oder Zurückweichen kommandiert wurden.

So hielt besonders ein Kavallerieregiment ohne Verluste bis zuletzt stand und focht wie eine Löwenherde, sie streiften noch auf dem Felde herum, als schon ihre ganze Armee zerstreut war, und kein Mensch gab sich die Mühe, sie anzugreifen. Sie wurden vom Baron Kronenburg kommandiert und marschierten zuletzt ohne Verlust vom Schlachtfeld. Sie waren vom Kopf bis zu Fuß in schwarzer Rüstung, und sie waren es, die ihren verwundeten General Tilly aus dem Treffen trugen und nach Halle brachten.

Ungefähr gegen 6 Uhr abends hatten die Feinde das Schlachtfeld ganz geräumt, einen Ort ausgenommen auf des Königs Seite, wo sich einige wiederum festsetzten, und obwohl sie wussten, dass bereits alles verloren war, wollten sie trotzdem keine Gnade verlangen, sondern fochten bis auf den letzten Mann, wie man sie denn am Tage darauf ebenso in Reihe und Glied, wie sie gestanden hatten, tot liegen fand.

Ich war so glücklich, keine Wunde in dieser Schlacht zu bekommen, eine kleine Beschädigung am Nacken ausgenommen, die mir durch den Stoß einer Pike beigebracht wurde, aber mein Freund Fielding erhielt eine ziemlich gefährliche Wunde, als das Treffen schon so gut wie vorüber war.

Er war mit einem deutschen Oberst, dessen Namen wir nicht erfahren konnten, handgemein geworden, hatte schon dessen Burschen niedergehauen und drängte nun so dicht an ihn heran, dass er ihm sein Pferd erschoss. Das Pferd stürzte, riss den Oberst mit nieder und fiel auf einen seiner Schenkel. Der Oberst bat nunmehr um Quartier, Fielding gab es ihm, half ihm unter dem Pferde hervor und wollte ihm eben, als er ihn bereits entwaffnet hatte, in die Linie bringen, als mit einem Male das Kavallerieregiment, das sich, wie ich oben erwähnt habe, wieder gesammelt hatte, übers Feld herstürzte und in einem fliegenden Angriff aus ihren Karabinern auf unsere Front eine Salve gab und dadurch sehr viele von unsern Leuten verwundete. Unter diesen befand sich auch Fielding, er bekam einen Schuss in den Schenkel, dass er sogleich zur Erde stürzte. Er wurde dadurch von unsern Truppen abgeschnitten, und sein Gefangener ergriff wieder mit den andern die Flucht.

Dies war mein erster Dienst, den ich tat, und in der Tat, ich sah seitdem nie wieder eine Schlacht mit solcher Tapferkeit, mit so außerordentlichem Mut und mit solcher Klugheit liefern. Beide Armeen bestanden aus erprobten Soldaten, die zum Kriege geboren, in allem erfahren, in ihrer Disziplin pünktlich und aller Furcht bar waren, lauter Umstände, welche die Schlacht nur noch blutiger als gewöhnlich machten.

Auf mein Bitten nahm sich Sir John Hepburn meines verwundeten Reisegefährten besonders an, schickte ihm seine Wundärzte, die ihn verbanden, und versah ihn auch nachher, als Leipzig den Kaiserlichen von den Sachsen wieder abgenommen worden war, mit einem Quartier, wo er ihn selbst oft besuchte.

Anfänglich war ich seinetwegen wirklich in Sorge, die Ärzte zweifelten lange an seinem Aufkommen, denn da er die ganze Nacht nach der Schlacht mitten unter den Verwundeten und Toten auf dem Schlachtfelde unter freiem Himmel hatte zubringen müssen, war seine Wunde von der außerordentlichen Kälte und weil sie nicht verbunden war, wirklich sehr schlimm geworden, und die Schmerzen hatten ihm ein Fieber zugezogen.

Es war schon ziemlich Nacht, ehe die Schlacht beendet war, besonders da die letzten feindlichen Truppen sich wieder gesammelt hatten, und wir durften deswegen unsern Posten nicht verlassen, konnten also auch nicht unsere Freunde auf dem Schlachtfelde aufsuchen.

So war es fast 7 Uhr morgens des nächsten Tages, als wir ihn fanden. Er hatte sich, trotzdem ihn der Verlust des Blutes äußerst geschwächt hatte, in die Höhe gerichtet und lehnte mit dem Rücken an dem toten Körper eines Pferdes. Ich war der erste, der ihn erkannte, ich lief auf ihn zu und umarmte ihn mit einer Freude, die sich kaum sagen lässt. Er war nicht imstande zu sprechen, aber durch Zeichen gab er mir zu verstehen, dass er mich erkenne. Wir brachten ihn sogleich ins Lagern und Sir John Hepburn schickte seine Ärzte, um ihn zu verbinden.

Die Finsternis der Nacht hatte alles Nachsetzen verhindert und das war auch die einzige Rettung, die dem Feinde übrig blieb. Denn wäre es nur noch drei Stunden länger Tag gewesen, so hätte Tilly 10 000 Mann mehr verloren. Denn die Schweden, und besonders die Sachsen waren durch die Hartnäckigkeit des Feindes so erbittert und sozusagen grimmig gemacht worden, dass sie ganz gewiss keine Gnade gegeben hätten.

Erst gegen 7 Uhr wurde zum Rückzuge geblasen, der König stellte das ganze Heer auf dem Schlachtfelde in Ordnung auf und gab strengen Befehl, dass kein einziger Mann seinen Platz verlassen dürfte. Das Heer blieb also die ganze Nacht unter Gewehr, welches eine Hauptursache war, wodurch die verwundeten Soldaten viel unter der Kälte litten. Der König wusste wohl, dass er mit einem verwegenen Feinde zu tun hatte und dass ein kleines Korps verzweifelter Leute, die sich etwa wieder gesammelt hatten, ihm in der Finsternis der Nacht die gewonnene Schlacht sehr verleiden konnten. Er schlief deswegen selbst an der Spitze seiner Armee auf einem Wagen, obgleich ein starker Frost herrschte.

Sobald der Tag anbrach, bliesen die Trompeter zum Aufsitzen, und alle Dragoner und leichten Reiter in der Armee wurden kommandiert, dem Feinde nachzusetzen, die Kürassiere und einige kommandierte Musketiere mussten einige englische Meilen vorrücken, um jenen den Rückzug zu decken, und die ganze Infanterie musste unterm Gewehr stehen bleiben, um beiden als Reserve zu dienen.

Allein schon in einer halben Stunde bekam der König die Nachricht, dass der Feind gänzlich zerstreut wäre, worauf aus jedem Regiment Abteilungen ausgesandt wurden, um von den Toten diejenigen der Unsrigen auszusuchen, welche noch an ihren Wunden lägen, und der König gab strengen Befehl, dass wenn sie auch irgendeinen von den Feinden verwundet oder noch am Leben fänden, keiner sich unterstehen sollte, ihm das Leben zu nehmen, sondern vielmehr Sorge tragen, ihn ins Lager zu schaffen – ein Zug von Menschlichkeit des Königs, welcher beinahe tausend Feinden das Leben rettete.

Erst als diese Expedition vorüber war, wurde das Lager des Feindes eingenommen, und die Soldaten bekamen Erlaubnis, es zu plündern. Geschütze, Waffen und Munition wurden für den König mit Beschlag belegt, alles Übrige aber wurde den Soldaten preisgegeben, welche soviel Beute fanden, dass sie nicht Ursache hatten, wegen ihrer Anteile Streit anzufangen.

Ich für meine Person war mit meinem verwundeten Freunde so beschäftigt, dass ich nichts davontrug, als einen Degen, der gerade neben ihm lag, als ich ihn in seinen Wunden wiederfand. Mein Bursche aber brachte mir ein schönes Pferd mit Sattel und Zaumzeug und eine Pistole von ganz vortrefflicher Arbeit.

Ich befahl ihm, dass er sich auf das erbeutete Pferd setzen und den Tag so gut wie möglich für sich verwenden sollte. Er ritt fort, und ich bekam ihn erst drei Tage später in Leipzig wieder zu sehen, wo er mich ausfindig gemacht hatte. Allein er war so prächtig gekleidet, daß ich Mühe hatte, ihn zu erkennen. Nachdem er mich wegen seines langen Ausbleibens demütig um Verzeihung gebeten hatte, machte er mir eine sehr lustige Erzählung von den Abenteuern, die ihm während der Zeit begegnet waren.

Meinem Befehl zufolge war er auf das Pferd gestiegen, das er für mich erbeutet hatte, und war zuerst auf das Schlachtfeld unter die Toten geritten, um zu sehen, wo er einen Anzug bekäme, der für die Ausrüstung seines Pferdes passte. Er fand eine prächtig besetzte Kleidung, einen Helm, einen Degen und ein außerordentlich schönes spanisches Rohr, eignete sich dies alles an und wollte nun sehen, wo der Feind hingekommen wäre. Er folgte der Spur unserer leichten Kavallerie, wobei er an den Toten einen guten Wegweiser hatte, und traf auf eine kleine Gesellschaft von 25 Dragonern, die bloß einen Korporal zum Anführer hatten und nach einem Dorfe zu ritten, in welchem einige feindliche Reiterei einquartiert gewesen war.

Die Dragoner hielten ihn seiner Ausrüstung nach für einen Offizier, baten ihn, dass er das Kommando über sie übernehmen sollte, und sagten, es wäre was beim Feinde zu finden, und sie zweifelten nicht an einer guten Beute. Mein Bursche, der ein munterer verwegener Junge war, antwortete ihnen, er wäre den Augenblick dazu bereit, allein er hätte nur eine Pistole, weil ihm die andere im Feuer zersprungen wäre. Sogleich liehen sie ihm ein Paar und außerdem noch einen Karabiner, den sie erbeutet hatten, er setzte sich an ihre Spitze und führte sie an.

In dem Dorfe hatten ein Regiment schwerer Reiterei und einige Haufen Kroaten gelegen, aber sie hatten auf die erste Nachricht von dem Nachsetzen des Feindes die Flucht ergriffen außer drei Haufen Kroaten, welche beim Anblick dieser kleinen Truppe, die sie für den Vortrupp einer weit größeren Anzahl hielten, gleichfalls in einer unbeschreiblichen Verwirrung davonliefen. Unsere Dragoner nahmen das Dorf ein und eroberten ungefähr 50 Pferde und die ganze Beute des Feindes.

In der Hitze des Gefechts, setzte mein Bursche hinzu, habe ich Ihr Pferd zuschanden geritten, allein dafür habe ich Ihnen zwei andere mitgebracht. Denn als kommandierender Offizier bekam ich ohne Widerrede meine Ration, wie sie in solchen Fällen einem Offizier nach Kriegsbrauch zukommt.

Der Rapport, den mir mein Bursche brachte, gefiel

mir, und ich musste herzlich darüber lachen.

Aber, Herr Rittmeister, sagte ich, was hast du denn nun für Beute gemacht?

Oh, Sir, Beute genug, dass ich mich zum Rittmeister machen könnte, und einen fertigstehenden Trupp habe ich noch obendrein, denn meine Dragoner stehen auf meinen Befehl noch immer im Dorfe und warten auf weitere Befehle.

Mit einem Worte, er fing an, seine Taschen auszuleeren, und da waren Goldstücke, Uhren und Ringe die Menge, unter den Ringen waren zwei mit Diamanten besetzte, von denen der eine seine 50 Taler wert war. Silber brachte er soviel mit, als er nur hatte fortbringen können, außerdem hatte er noch in einem Gasthofe drei Pferde stehen, von denen zwei mit Gepäck beladen waren, und zu denen er sich einen Bauernburschen gedungen hatte, der solange in Leipzig dabei bleiben sollte, bis er mich ausfindig gemacht hätte.

Aber, Herr Rittmeister, fing ich an, mir kommt es vor, als wenn Ihr anstatt den Feind das Dorf geplündert hättet.

Nein, wahrhaftig nicht, Sir, sagte er, das hatten die Kroaten schon getan, ehe wir hinkamen, und wir überrumpelten sie gerade, als sie ihre Beute fortschaffen wollten.

Gut, Georg, aber was willst du denn mit deiner Mannschaft machen; denn wenn du kommen wirst, um ihnen Befehle zu geben, so möchte die Sache wohl nicht gut ablaufen.

Nein, nein, Sir, dafür ist schon gesorgt, denn vor ein paar Augenblicken habe ich einem Soldaten ein Fünftalerstück gegeben, damit er ihnen die Nachricht bringen soll, die Armee wäre nach Merseburg marschiert, und sie sollten aufbrechen, um dort zum Regiment zu stoßen.

Als er sein Geld in mein Quartier in Sicherheit gebracht hatte, fragte er mich, ob ich seine Pferde besehen und eins für mich aussuchen wollte. Ich sagte ihm, ich wolle des Nachmittags kommen sie anzusehen, aber der wunderliche Kerl konnte es nicht erwarten, sondern lief fort und brachte sie mir vors Quartier. Eins von den drei Pferden war besonders schön, und dem Zeuge nach zu urteilen hatte es einem Kroatenoffizier gehört. Mein Bursche bot es mir sogleich an und sagte. ich müsste es für das andere nehmen, das er zuschanden geritten hätte.

Weil ich vorher einen nicht gerade besonders guten Gaul ritt, nahm ich das Geschenk an und ging mit ihm, seine übrige Beute zu besehen. Sie bestand in drei oder vier Paar Pistolen, zwei bis drei Bündeln Offizierswäsche, Spitzen und Tressen, einem Feldbett, einem Zelt und noch verschiedenen andern wertvollen Dingen. Wir fanden zuletzt noch ein kleines Päckchen, das er noch gar nicht untersucht hatte und das er seiner Aussage nach einem Kroaten, der damit hätte fortlaufen wollen, unter dem Arme hervorgerissen und mit Einwilligung seiner Dragoner für sich behalten hatte. Er brachte es herauf in mein Zimmer, und als wir es aufmachten, fanden wir ein Bündel Wäsche, verschiedenes Silberzeug und in einem kleinen Becher drei Ringe, ein schönes Perlenhalsband und 100 Reichstaler in Münze.

Der Bursche war über sein Glück ganz außer sich und wusste kaum, was er zuerst anfangen sollte. Ich sagte ihm also, er solle gehen und nur erst seine andern Sachen besorgen. Er ging fort, fertigte den Bauernburschen ab, den er mitgebracht hatte, packte seine Habseligkeiten zusammen und kam in seinen früheren Kleidern wieder zu mir.

Nun, Herr Rittmeister, sagte ich, warum hast du denn schon deine Uniform verändert?

Sir, sagte er, ich schäme mich meiner Livree so wenig als Ihrer Dienste und mache mir eine Ehre daraus, ungeachtet meines Glücks nach wie vor unter Ihren Befehlen zu stehen.

Ganz gut, Georg, aber was willst du denn mit deinem Gelde machen?

Ich wünschte, dass mein armer Vater etwas davon hätte, das Übrige habe ich für Sie erbeutet, und Sie werden die Gnade haben, es mir so bald wie möglich abzunehmen.

Er sagte das mit soviel Ehrlichkeit und Treuherzigkeit, dass ich es nicht anders als sehr gut aufnehmen konnte. Doch sagte ich ihm ernstlich, dass ich als sein Herr von ihm nicht einen Heller verlangte, allein das verlangte ich, dass er mit dem Reichtum, den ihm sein gutes Glück zugeworfen hätte, gut wirtschaften solle.

Sir, antwortete er, ich werde Ihrem Rate und Ihren Vorschriften in allen Dingen gehorsam sein.

Nun gut, Georg, ich will dir sagen, was mein guter Rat wäre. Du setzest alles in bares Geld um, schickst es bei der ersten Gelegenheit zu den Deinigen nach England, folgst selbst bald nach, wirtschaftest gut damit, und du hast, solange du lebst, dein anständiges Auskommen und brauchst nicht mehr zu dienen.

Nein, Sir, lieber will ich den ganzen Plunder von der Torgauer Brücke hinunter in die Elbe werfen als Ihren Dienst verlassen, und noch überdies, kann ich denn mein Geld nicht in Sicherheit bringen, ohne dass ich von Ihnen fortzugehen brauche? Kurz, ich habe es in Ihrem Dienste erwarben und will es auch in Ihrem Dienste verzehren, wofern Sie mich nicht mit Gewalt fortjagen. Ich habe die gute Hoffnung, dass ich wegen meines Geldes keine schlechteren Dienste tun werde, und wüsste ich, dass das geschehen sollte, so wollte ich bald wenig genug haben.

Nein nein, Georg, ich gebe dir nur den Rat, ich will dich nicht zwingen, auch würde ich es selbst nicht gern sehen, wenn ich dich verlieren sollte. Weißt du was, komm her, wir wollen alles zusammen auf einen Haufen legen und wollen sehen, wie hoch sich der Reichtum ungefähr beläuft.

Er legte darauf seine ganze Beute auf einen Tisch, wir machten einen ungefähren Überschlag und fanden, dass außer den drei Pferden mit Sattel und Zeug, einem Zelte, einem Feldbett und einiger Wäsche die Beute ungefähr 1400 Reichstaler wert war. Als wir fertig waren, nahm er das Perlenhalsband, eine sehr schöne Uhr, einen Diamantring und 100 Goldstücke und legte sie besonders, alles Übrige packte er wieder zusammen. Ich fragte ihn, warum er denn nicht jene Sachen mit dazu legte, und sogleich raffte er sie mit den Händen zusammen, kam um den Tisch herum und sagte, wenn ich ihn meines Dienstes und meiner Gewogenheit nicht für ganz unwürdig hielte, so bäte er mich um die Erlaubnis, dass er mir mit diesen Kleinigkeiten ein Geschenk machen dürfte, ich wäre nicht nur darauf gekommen, dass er ausreiten solle, sondern er hätte auch alles in meinem Dienste erworben und er würde glauben, ich wäre ihm gar nicht gut, wenn ich ihm eine abschlägige Antwort geben würde.

Trotzdem ich völlig entschlossen war nichts von ihm anzunehmen, so konnte ich doch vorderhand kein Mittel finden, seiner Zudringlichkeit zu widerstehen.

Ich sagte ihm endlich, ich wolle einen Teil seines Geschenks annehmen, und diesen Teil würde ich für einen ebenso starken Beweis seiner Achtung für mich halten als alles zusammen, allein weiter solle er nun auch nicht in mich dringen. Ich nahm also den Ring, die Uhr und das Pferd mit Sattel und Zeug, ließ ihn all das übrige in Leipzig in Geld umsetzen und erlaubte ihm nicht weiterhin seine Livree zu tragen. Ich nahm an seiner Stelle einen jungen Menschen aus Leipzig in meine Dienste, und Georg war von der Zeit an nur mein Begleiter.

Die schwedische Armee ging aber nicht nach Leipzig, sondern marschierte nach Merseburg und von da nach Halle, dann weiter nach Franken zu, während der Kurfürst von Sachsen beschäftigt war, mit seinen eigenen Truppen Leipzig wiederzuerobern und sein Land von den Kaiserlichen zu säubern.

Ich brachte in Leipzig zwölf Tage zu. weil ich meinen Freund Fielding nicht eher verlassen wollte, als bis er wieder hergestellt wäre, allein Sir John Hepburn setzte mir so zu, zur Armee zu kommen, und meldete mir so oft, dass der König nach mir gefragt hätte, dass ich mich endlich entschloss, ohne meinen Freund abzureisen. Wir verabredeten daher miteinander, wo wir uns wieder treffen und wie wir unterdessen einen Briefwechsel einrichten wollten, und ich machte mich auf den Weg, um Sir Hepburn nachzufolgen, der damals mit des Königs Heer bei der Stadt Erfurt in Sachsen lag.

Ich ritt mit meinen beiden Bedienten auf der Straße zwischen Leipzig und Halle und bemerkte, dass mein Pferd sehr schwer und unbequem ging und sogar trotz der kalten Witterung und unseres gemächlichen Trabes außerordentlich schwitzte. Ich dachte sogleich, dass der Sattel das Pferd drücken müsse, und rief meinen Reitmeister Georg.

Höre, sagte ich, ich glaube, der Sattel drückt mein Pferd.

Wir stiegen ab, sahen unter dem Sattel nach und fanden, dass das Pferd auf dem Rücken außerordentlich wund war. Ich befahl ihm den Sattel abzunehmen, gab das Pferd meinem neuen Bedienten zu halten, und wir setzten uns beide nieder, um zu sehen, ob wir der Sache abhelfen könnten, weil keine Stadt in der Nähe war.

Herr, fing Georg an, und wies mit den Fingern auf ein Fleckchen des Sattelfutters, wenn Sie das Futter hier aufschneiden wollten, so will ich unterdessen sehen, dass ich etwas finde, was wir hineinstopfen können, damit der Sattel nicht auf die wunde Stelle drückt.

Während er herumging und etwas zu diesem Zwecke suchte, schnitt ich ein Loch in das Unterfutter des Sattels. Ich folgte der Öffnung mit dem Finger und fühlte etwas Hartes. Hier ist etwas, Georg, sagte ich, was nicht hierher gehört, und hieß ihn darauf zu fühlen.

Richtig, Herr, sagte er, es mag nun sein, was es wolle, das ist's, was das Pferd drückt, denn es trifft gerade auf die wunde Stelle, wenn der Sattel aufliegt.

Wir gaben uns Mühe das harte Ding zu erreichen, allein wir konnten nicht dazu kommen. Endlich nahmen wir den oberen Teil des Sattels ganz vom Futter ab und fanden einen silbernen Beutel, in ein Stück Leder eingewickelt. Du bist zum Reichwerden geboren, Georg, sagte ich, da ist wieder Geld. Wir machten den Beutel auf und fanden darin 138 Goldstücke.

Hier hatte ich einen neuen Streit mit ihm, wem das Geld gehören solle. Ich meinte, es gehöre ihm, er sagte, es gehöre mir. Er behauptete, weil ich das Pferd mit Sattel und Zeug angenommen hätte, so wäre auch mein, was drum und dran wäre, er schwor außerdem, dass er nicht einen Pfennig davon nähme. Weil nun kein Zureden half, steckte ich endlich das Geld vorläufig ein. Darauf brachten wir den Sattel wieder in Ordnung und ritten weiter.

Wir blieben diese Nacht in Halle liegen, und da wir in dem einen Sattel eine hübsche Beute gefunden hatten, so ließ ich ihn auch die beiden andern Sättel untersuchen. Jedoch wir fanden in dem einen nur drei französische Kronen und in dem andern gar nichts.

Am 28. September kamen wir in Erfurt an, das Heer war aber schon aufgebrochen und nach Franken einmarschiert, wir stießen erst zu ihm bei der Belagerung von Königshofen. Das erste was ich tat war, Sir John Hepburn meine Aufwartung zu machen. Er empfing mich sehr freundlich, aber er sagte mir auch, dass ich besser getan hätte nicht so lange von ihm wegzubleiben, der König hätte sich nach mir ganz besonders erkundigt und hätte ihm befohlen, sobald ich nachkäme, mich ihm vorzustellen. Ich sagte ihm den Grund, der mich solange in Leipzig zurückgehalten hätte, und dass ich nur, um seinen Briefen Folge zu leisten, meinen Freund noch eher verlassen hätte, als er von seinen Wunden hergestellt gewesen wäre.

Sir John erzählte mir darauf, dass der König verschiedene Male sehr gnädig von mir gesprochen hätte und dass er vielleicht gar gesonnen wäre, mir ein Kommando bei der Armee anzutragen, wenn ich geneigt wäre, es anzunehmen. Ich antwortete Sir John, ich hätte zwar meinem Vater versprechen müssen, dass ich ohne seine Erlaubnis bei keiner Armee Dienste nehmen wollte, allein da ich zu keiner Sache eine größere Neigung verspürte als zu dem Dienst unter der Anführung eines solchen Meisters, so wüsste ich beinahe nicht, wie ich mein Versprechen halten könnte, wenn Se. Majestät geruhen sollten, mir einen solchen Antrag zu tun, obwohl ich bei alledem gestehen müsse, dass meine Absicht jederzeit gewesen wäre, nicht in einer Befehlshaberstelle als vielmehr auf meine eigenen Kosten als Freiwilliger zu dienen: dies sei, wie Sir John selbst wüsste, überhaupt die Gewohnheit unserer englischen Landsleute.

Tun Sie, was Sie für gut halten, antwortete Sir John, aber mancher junge Edelmann würde 20 000 Kronen darum geben, wenn er auf einem solch guten Wege im Avancement wäre wie Sie.

Die Stadt Königshofen kapitulierte an diesem Tage, und da Sir John beordert wurde, die Artikel mit den Einwohnern in Ordnung zu bringen, so konnte ich damals nicht weiter über die Sache mit ihm sprechen. Als die Stadt eingenommen war, marschierte das Heer unverzüglich weiter am Main herunter. Denn der König hatte sein Augenmerk auf Frankfurt a. M. und Mainz gerichtet, zwei große Städte, deren er sich vorzüglich dank seiner erstaunenswerten Geschwindigkeit kurze Zeit darauf bemächtigte. Ich nenne seinen Marsch erstaunenswürdig, denn innerhalb eines Monats nach der Schlacht bei Leipzig war er in den niederen Teilen des Reiches, hatte seine Eroberungen von der Elbe bis an den Rhein ausgebreitet, hatte alle befestigten Städte, die Bistümer Bamberg und Würzburg und fast den ganzen fränkischen Kreis nebst einem Teile von dem schwäbischen eingenommen – eine Eroberung, die wahrlich weitläufig genug ist, um nach dem gewöhnlichen Erfolge der Waffen sieben Jahre zu erfordern.

Da die Geschäfte auf eine solch emsige Art betrieben wurden, so hatte der König keine Muse an Kleinigkeiten zu denken, und ich selbst drang nicht sehr in Sir John mich dem König vorzustellen, weil ich noch keinen festen Entschluss gefasst hätte.

Ich hatte meinem Vater in einem Briefe von meiner Aufnahme bei der schwedischen Armee, von den Freundlichkeiten, die mir Sir John Hepburn bezeigte, und von den Umständen der Schlacht bei Leipzig Nachricht gegeben und hatte ihn in der Tat sehr inständig um Erlaubnis gebeten, dass ich dem Könige Gustav Adolf dienen dürfte. Allein während ich noch wegen dieses letzten Punktes auf seinen Entschluss wartete, entschied folgende Gelegenheit es noch eher, als ich nach der Zeit eine Antwort hätte erlangen können.

Der König lag vor dem festen Schlosse Marienburg, das die Stadt Würzburg beherrschte. Die Stadt war schon eingenommen, aber die Garnison und der reichere Teil der Bürger hatten sich in das Schloss geworfen und zwangen in ihrer Zuversicht auf die Stärke des Platzes, der für unüberwindlich gehalten wurde, die Schweden alles aufzubieten, was in ihren Kräften lag. Das Schloss war mit allem gut versehen und hatte eine sehr starke Besatzung, sodass die Schweden wirklich ein sehr langwieriges Stück Arbeit erwartete.

Das Schloss stand auf einem sehr hohen Felsen, an dessen steiler Seite eine Bastion war, welche den einzigen Weg von dem Hügel nach dem Schlosse deckte. Die Schotten waren auserwählt, diesen Angriff zu machen, und der König war der Augenzeuge ihrer Tapferkeit. Sir John war nicht mit dazu kommandiert, sondern Sir John Ramsey sollte den Angriff anführen. Als ich bemerkte, dass die meisten schottischen Offiziere in den andern Regimentern Anstalten machten, zur Ehre ihrer Landsleute die Unternehmung als Freiwillige mitzumachen, und dass Sir John Hepburn sie anführen wollte, so war ich neugierig genug, mir die Expedition anzusehen und beschloss mich ihnen bei dieser Partie anzuschließen.

Wir waren mit Partisanen bewaffnet, jeder hatte im Wehrgehänge auch zwei Pistolen. Es war ein Unternehmen, das ein gänzlich verzweifeltes Aussehen hatte. Der Vorteil des Feindes auf dem Felsen, der steile Abgrund, aus welchem wir in die Höhe mussten, die Lage der Bastion, die Anzahl und der entschlossene Mut der Besatzung, die aus einem völlig bedeckten Standorte ein schreckliches Feuer auf uns gab, das alles vereinigte sich, um uns auf einen guten Erfolg wenig Hoffnung zu geben. Allein die Wut der schottischen Musketiere konnte durch keine Schwierigkeit gedämpft werden. Sie kletterten den Hügel hinauf, erstiegen die Bastion wie Wahnsinnige, rannten in die feindlichen Piken, eroberten nach einem verzweifelten Gefecht von zwei Stunden mitten in Feuer und Dampf die Bastion im Sturm und ließen die ganze Besatzung über die Klinge springen.

Die Freiwilligen taten bei der Sache das ihrige, hatten aber auch ihren Anteil am Verlust. Denn von 37 blieben 13 oder 14 außer den Verwundeten, unter denen auch ich war. Denn ich bekam durch den Stoß einer Hellebarde eine mehr beschwerliche als gefährliche Wunde in meinem Arm, die mir viel Schmerzen machte und mit der ich lange Zeit zu schaffen hatte, ehe sie völlig wieder geheilt war.

Der König empfing uns, als wir herabkamen, am Fuße des Hügels, er nannte die Gemeinen seine tapferen Schotten und lobte die Offiziere noch besonders. Den Morgen darauf wurde auch das Schloss im Sturm genommen, und man fand darin die größte Beute. die bei irgendeiner Eroberung dieses ganzen Krieges jemals gemacht worden ist. Die Soldaten errafften hier soviel Geld, dass sie nicht wussten, was sie damit anfangen sollten, auch wurden sie durch das, was sie hier und in der Schlacht bei Leipzig erbeutet hatten, so widerspenstig gemacht, dass sie auf keine Weise hätte in Schranken gehalten werden können, wenn der König nicht in der Kriegszucht der beste Meister von der Welt gewesen wäre.

Der König hatte unsere kleine Schar Freiwillige beobachtet, und obwohl ich nicht glaube, dass er mich gesehen, so schickte er doch des Morgens darauf nach Sir John Hepburn und fragte ihn, ob ich zur Armee gekommen wäre.

Majestät, er ist schon seit zwei oder drei Tagen hier, sagte Sir John und wollte anfangen sich zu entschuldigen, dass er mich noch nicht vorgestellt.

Ich wundere mich, unterbrach ihn Se. Majestät plötzlich, wie Sie zugeben konnten, dass er sich in Unternehmungen stürzt, die so verzweifelt sind wie diese Erstürmung. Sagen Sie ihm, dass ich ihn gesehen habe, und dass ich sehr gut über sein Verhalten unterrichtet bin.

Sir John kam augenblicklich zu mir, erzählte mir, was vorgefallen, und drang in mich Sr. Majestät den nächsten Morgen aufzuwarten. Auch begleitete ich ihn, wie verabredet worden war, zum Levée auf das Schloss, obwohl ich wegen der Schmerzen, die mir meine Wunde verursachte, eine sehr schlechte Nacht gehabt hatte.

Ich kann nur eine kurze Beschreibung von den Reichtümern geben, die an diesem Morgen den

Schweden in die Hände fielen. Das Schloss war von den Leichen gesäubert worden, und zu dem, was die Soldaten nicht geplündert hatten, wurde eine Wache gestellt. Man fand vor allem ein Magazin von sehr guten Waffen für 20 000 Mann Infanterie und 1000 Mann Kavallerie, einen sehr schönen Artilleriepark von 18 schweren Geschützstücken, 32 metallenen Feldstücken und vier Mörsern.

Der bischöfliche Schatz und andere öffentliche Gelder, die nicht in die Hände der Soldaten gefallen waren, beliefen sich auf bare 400 000 Gulden, und außerdem brachten noch die Bürger der Stadt in einer feierlichen Prozession mit entblößten Häuptern dem König drei Tonnen Gold, als eine Art Ablösung von der Brandschatzung, damit die Stadt vom Plündern verschont bliebe.

Man fand auch einen Stall voll schöner Pferde, so dass der König die Neugierde hatte, selbst hinzugehen und sie zu besehen. Als die Prozession der Bürger vorbei war, kam der König herunter in den Schlosshof, ging auf den Paradeplatz, auf welchem die schwere Artillerie auf den Lafetten aufgeführt stand, besah dann rundherum die Mauern und gab Befehl, die Bastion wieder herzustellen, welche die Schotten im Sturm erobert hatten.

Als Se. Majestät auf den Paradeplatz kam, machten Sir John Hepburn und ich unsere Verbeugung. – Sieh da, Ritter, ich freue mich Sie zu sehen! Der König ging weiter, und ich machte eine tiefe Verbeugung.

Als der König alles besucht hatte, ging er wieder hinauf in sein Quartier, Sir John und ich warteten in einem Vorzimmer. Nach Verlauf einer Viertelstunde kam einer von den Kammerjunkern heraus zu Sir John und sagte, der König wolle mit ihm sprechen. Sir John war noch nicht lange beim König, als er wieder zu mir herauskam und mir sagte, er habe Befehl, mich zum König zu führen.

Se. Majestät unterbrachen meine Anrede und fragten mich mit einem sehr gnädigen und leutseligen Ton, wie ich mich befände, und als ich darauf bloß mit einer Verbeugung antwortete, sagte der König, es täte ihm leid zu sehen, dass ich verwundet worden wäre, und wenn er gewusst hätte, dass ich wieder ins Lager gekommen wäre, hätte er gewiss Befehl gegeben, dass ich mich nicht in einem so verzweifelten Unternehmen hineinwagen sollte.

Eure Majestät, antwortete ich demütig, erzeigen mir zu viel Gnade durch die Sorge um mein Leben, da ich bis jetzt noch nichts getan habe, das mich einer so besonderen Aufmerksamkeit würdig gemacht hätte.

Ihre Majestät geruhten hierauf mir wegen meines Verhaltens in der Schlacht bei Leipzig etwas sehr Gnädiges zu sagen, das die Bescheidenheit mir verbietet hier niederzuschreiben.

Ich gab zur Antwort, ich wüsste mich nicht zu erinnern, dass ich in meinem Dienst irgendetwas getan hätte oder noch tun könnte, das mich in den Stand setzte, auf eine so auszeichnende Gnade Anspruch zu machen.

Dem sei wie ihm wolle, sagte der König und reichte mir die Hand zum Kusse. Ich habe Befehl erteilt, dass Ihnen ein kleiner Beweis meiner Aufmerksamkeit gegeben werden soll.

Ich, der ich nun ganz hingerissen war und mich in einer Art von Überraschung befand, sagte Sr. Majestät, ich würde sowohl durch diese gnädige Gesinnung Sr. Majestät als auch durch meine eigene Neigung so sehr gefesselt, dass, wenn Sie geruhen wollten, meine untertänigsten Dienste anzunehmen, ich bereit wäre, in Ihrer Armee, oder wo es Ihnen sonst gefiele, zu dienen.

Mir dienen ist recht gut, sagte der König, aber als Musketier brauche ich Sie nicht, das verrichtet ein armer Soldat um einen Taler die Woche. – Sir John, setzte der König hinzu, lassen Sie ihm eine Bestallung ausschreiben, so wie er sie verlangt.

Keine Bestallung, Majestät, würde meinen Wünschen mehr entgegenkommen als diejenige, welche mir die Erlaubnis gibt, in der Nähe Eurer Majestät Person zu fechten und so lange auf meine eigenen Kosten zu dienen, bis ich durch mehr Erfahrung in den Stand gesetzt worden bin, wichtigere Aufträge anzunehmen.

Nun, so mag es dabei bleiben, sagte der König, und Ihnen, Hepburn, gebe ich hiermit den Auftrag, dass Sie es mir sogleich melden, wenn sich irgendeine Gelegenheit bietet, die ihm entweder gefällt oder für ihn passt. Der König reichte mir hierauf noch einmal seine Hand zum Kusse, dann entfernten wir uns.

Ehe wir noch aus dem Schlosshof waren, kam uns einer von des Königs Pagen nach und brachte einen schriftlichen Befehl vom Könige an Sir John Hepburn. Er betraf Dinge, die mir auf des Königs besonderen Befehl von dem Stallmeister unverzüglich gegeben werden sollten. Wir gingen zu ihm, und einer von den Unterstallmeistern, der zugegen war, übergab mir einen sehr schönen Wagen mit vier Pferden nebst Geschirr und Zubehör und zwei schöne Reitpferde mit Sattel und Zeug aus dem bischöflichen Marstalle, von dem ich oben erzählt habe. Außerdem erhielt ich einen andern schriftlichen Befehl an den Oberaufseher des königlichen Gepäcks, vermöge dessen ich, meine Pferde und drei Bediente auf des Königs Rechnung bis auf weiteren Befehl frei verpflegt werden sollten.

Ich war in einer nicht geringen Verlegenheit, wie ich mich bei dieser so außerordentlichen Gnadenbezeigung eines so großen Fürsten benehmen sollte. Ich fragte Sir John Hepburn um Rat und trug ihm vor, ob es nicht am schicklichsten wäre, unverzüglich umzukehren, Sr. Majestät aufzuwarten und für die mir erzeigte Gnade so gut wie möglich meine untertänigste Danksagung abzustatten. Aber als wir gerade beschlossen hatten, dass dies das Beste sei, rief die Garde: Gewehr über! Und wir sahen den König in seinem Wagen zum Tore hinaus nach der Stadt fahren. Für diesmal also musste ich die Sache aufschieben.

Ich gestehe, dass diese Gnade des Könige außerordentlich und ungewöhnlich war, allein ich muss auch sagen, dass sie mir nachher nicht so seltsam vorkam, als ich seinen Charakter und sein Benehmen gegen die Menschen näher kennenlernte. Güte war ihm von Natur eigen, obgleich er seine Gnadenbezeigungen nur da auszuteilen pflegte, wo er Liebe und treue Dienste voraussetzte. Und eben deswegen, weil er so gesinnt war, pflegte er auf jede einzelne gute Handlung des gemeinsten Soldaten achtzuhaben und sie selbst öffentlich bekannt zu machen, zu rühmen und zu belohnen – eine Sache, wovon ich hier ein kleines Beispiel erzählen muss.

Als bei der Stürmung des Schlosses von Würzburg die ganze Abteilung zurückgeschlagen war, bot ein gemeiner Musketier dem Feinde die Stirn, hielt stand und feuerte sein Gewehr ab. Tausend Schüsse wurden auf ihn abgegeben, er stand unbeweglich, hörte nicht auf wieder zu laden und zu feuern und winkte, während er das dreimal hintereinander tat, immer zugleich seinen Kameraden mit der Hand, dass sie wieder angreifen sollten. Seine Kameraden wurden auch durch sein Beispiel ermuntert, griffen wieder an und eroberten dem Könige die Festung.

Nach der Eroberung gab der König Befehl, dass das Regiment aufmarschieren solle, rief den Musketier bei Namen, dankte ihm vor der ganzen Front, dass er ihm die Stadt erobert hätte, und übergab ihm mit eigener Hand 1000 Taler und ein Hauptmannpatent über eine Kompanie Infanterie, oder wenn es ihm lieber wäre, die Erlaubnis nach Hause zu den Seinigen zu gehen. Der brave Musketier nahm das Patent kniend an, küsste es, steckte es in seinen Busen und sagte zum König, er würde nie seine Dienste verlassen, solange er lebe.

Die Güte des Königs, die von seiner Klugheit geleitet wurde, war die Ursache, weswegen ihm gut gedient wurde, warum er beliebt war und bei seinen Soldaten den striktesten Gehorsam fand. Denn da diese den König überall zum Augenzeugen ihres Verhaltens hatten, so waren sie sicher, wenn sie sich gut betrügen, ermuntert und belohnt zu werden.

Viel mehr als meine Unbedachtsamkeit hatte meine Tapferkeit mich in dem Treffen bei Leipzig so tief ins Handgemenge gebracht, dass fast drei ganze Kompagnien von uns, die wir in der Vorhut von Sir Johns Brigade waren, von unserm Treffen abgeschnitten und von den feindlichen Piken umringt wurden. Auch muss ich gestehen, dass wir mehr durch einen verzweifelten Angriff, den Sir John unternahm, um uns Luft zu machen, als durch unsere eigene Tapferkeit aus dem Gedränge gebracht wurden, obwohl wir auf unserer Seite unser bestes taten. Allein dieser Vorfall, der dem Könige so vorgetragen wurde, dass er sehr zum Vorteile des jungen englischen Freiwilligen gereichte, von dem man vermutlich mehr sagte, als er verdiente, war die Veranlassung zu all der auszeichnenden Gnade, die mir nachher der König beständig erwiesen hat.

Ich hatte um diese Zeit Briefe von meinem Vater erhalten, in welchen er es mir, obgleich nicht ohne Widerstreben, freistellte, wenn ich es für gut befände, in des Königs Dienste zu treten, wobei er mir jedoch zugleich einschärfte, dass ich mich in allen Stücken nach dem guten Rate, oder wie er sagte, nach den Befehlen Sir John Hepburns richten sollte. Er schrieb zu gleicher Zeit an Sir John, dessen Sorgfalt und Aufsicht er, wie er es nannte, seines Sohnes Glück anheimstellte. Beide Briefe zeigte Sir John ohne mein Wissen dem Könige.

Ich trug beständig Sorge, meinen Vater von jedem Umstande zu berichten, und hatte auch nicht vergessen der außerordentlichen Gnade Erwähnung zu tun, die ich bei Sr. Majestät genoss. Mein Vater war dadurch so gerührt worden, dass er bei König Karl dem Ersten bewirkte, dass dieser in einem eigenhändigen Schreiben an den König von Schweden etwas davon einfließen ließ.

Ich hatte Sr. Majestät mit Sir John meine Aufwartung gemacht, um für das prächtige Geschenk meinen untertänigsten Dank abzustatten, und war mit der gewöhnlichen Gnade empfangen worden, und von nun an befand ich mich alle Tage unter den Edelleuten, die für gewöhnlich das Gefolge des Königs ausmachten, und wenn Se. Majestät, wie es sehr oft geschah, einen Ausritt unternahm, oder die Gegend erkundigte, so begleitete ich ihn allemal unter den Freiwilligen, deren ihm immer eine große Menge folgte. Auch geruhte er oft, mich mit Namen aufzurufen und mit mir zu sprechen oder mich bei außerordentlichen Gelegenheiten mit Aufträgen an Städte, Fürsten, freie Reichsstädte und dergleichen abzuschicken.

Den ersten Auftrag, mit dem mich der König betraute, hätte mich beinahe mit einem seiner Lieblingsoffiziere in Verdrießlichkeiten gebracht. Der König war auf dem Marsche durch die Bergstraße am Ufer des Rheins begriffen und hatte, wie jedermann dachte, die Absicht, Heidelberg zu belagern, als er plötzlich Befehl gab, dass eine Abteilung aus seiner Leibwache und fünf Kompanien Schotten gebildet werden sollte. Während diese Abteilung ausgehoben wurde, berief mich der König zu sich.

Ritter, sagte er, Sie sollen die Abteilung befehligen; hierauf gab er mir den Befehl, die ganze Nacht über zurückzumarschieren, des Morgens bei Tagesanbruch unter den Mauern der Befestigung von Oppenheim zu lagern und mich dort unverzüglich, so gut ich könnte, zu verschanzen. Graf Niels, der Oberst seiner Garde, glaubte sich dadurch in seiner Ehre gekränkt, allein der König nahm die Sache auf sich, und der Graf sagte mir nachher einmal sehr freundlich: Wir haben einen Herrn, über den man gar nicht unzufrieden werden kann; ich gestehe es, ich hielt mich für beleidigt, als Sie meine Leute kommandieren sollten, aber wahrhaftig ich wusste nicht, wie ich böse werden sollte.

Ich vollzog meinen Auftrag so pünktlich, dass ich mit Tagesanbruch innerhalb eines Musketenschusses von der Festung unter der Bedeckung eines kleinen Hügels, auf dem eine Windmühle stand, Stellung nahm, mich ein wenig verschanzte und zugleich mit einigen meiner Leute zwei andere ein wenig entfernt gelegene Pässe besetzt hatte, sodass das Werk von der Landseite im eigentlichen Sinne blockiert war.

Am Nachmittage machte der Feind einen Ausfall auf meine erste Verschanzung, aber da ich vor ihrem

Feuer gedeckt und noch dazu durch einen Graben geschützt war, den ich quer über die Straße hatte ziehen lassen, so wurde er von meinen Musketieren so gut empfangen, dass er sich mit einem Verlust von sechs oder sieben Mann zurückziehen musste.

Den Tag darauf wurde Sir John Hepburn mit zwei Brigaden Infanterie kommandiert, das Unternehmen fortzusetzen, und hiermit war mein Auftrag zu Ende. Der König erklärte mir persönlich, dass er mit meinem Verhalten vollkommen zufrieden wäre, wie er denn niemals unterließ seine Zufriedenheit laut zu bezeugen, so oft er Ursache dazu hatte. Denn sein Grundsatz war, dass öffentliche Lobsprüche eine sehr große Aufmunterung zur Tapferkeit wären. Während Sir John Hepburn vor der Festung lag und Anstalten machte sie zu stürmen, hatte der König die Absicht, über den Rhein zu setzen, aber die Spanier, welche in Oppenheim lagen, hatten alle Schiffe versenkt, die sie hatten aufbringen können. Endlich wurde dem Könige entdeckt, wo noch einige Fahrzeuge lägen, und er ließ sie sogleich mit der größtmöglichen Geschwindigkeit heranschaffen, worauf er in der Nacht vom 7. zum 8. Dezember ungefähr drei englische Meilen von der Stadt, an einem Orte, wo er vor aller Gefahr sicher zu sein glaubte, sein Regiment Garde übersetzen ließ. Allein kaum waren sie gelandet, so wurden sie, noch ehe sie sich hatten in Ordnung aufstellen können, durch ein Korps spanischer Reiter angegriffen. Und hätte nicht die Finsternis ihnen Gelegenheit gegeben, sich in einzelnen kleinen Abteilungen hinter die Hecken zurückzuziehen, so wären sie in großer Gefahr gewesen, in Unordnung zu geraten. Allein auf diese Art gewannen sie Zeit, die Wege und Zäune so mit Musketieren zu besetzen, dass diejenigen, die noch zurück waren, sich unterdessen in Ordnung aufstellen konnten, worauf die

Kavallerie mit einem solchen Musketenfeuer begrüßt wurde, dass sie es für ratsam hielt, sich zurückzuziehen.

Der König war äußerst ungeduldig, als er hörte, dass seine Leute im Handgemenge wären, besonders da keine Fahrzeuge vorhanden waren, um frische Mannschaften zu ihrer Unterstützung überzusetzen. Endlich nachts gegen elf Uhr kamen die ersten Fahrzeuge zurück. Der König warf ein anderes Regiment hinüber und beschloss, obwohl alle seine Offiziere widerrieten, in eigener Person mit überzusetzen.

Es waren gerade an diesem Tage drei Monate seit der Schlacht bei Leipzig vergangen, und während dieser Zeit, die noch obendrein zum großen Teile in den Winter fiel, hatte sich das Glück der schwedischen Waffen von der Elbe an, wo sie Sachsen von Brandenburg trennt, bis in die Unterpfalz und an den Rhein hin ausgebreitet.

Ich setzte mit dem Fahrzeug über, auf welchem sich der König befand, und nie habe ich ihn in meinem Leben in so großer Schwierigkeit wie damals gesehen, da er seine Leute in unmittelbarer Gefahr sah. Allein ehe wir noch ans Ufer kamen, hatten sich die Spanier zurückgezogen, der König landete, stellte die Seinigen in Ordnung auf und traf Anstalten sich zu verschanzen. Unsere Fahrzeuge waren wieder abgestoßen, und die Spanier, welche nicht wussten, dass mehrere von unsern Truppen gelandet waren, welche sich von Oppenheim aus verstärkt hatten, kamen zurück und griffen mit der größten Wut an. Allein alles war nunmehr in Ordnung, und sie wurden sehr ernstlich empfangen und zurückgeschlagen.

Sie machten noch einen dritten Versuch und fielen uns wiederholt an, allein als sie zuletzt fanden, dass wir ihnen überlegen waren, so beschlossen sie sich zurückzuziehen.

Während der Zeit war noch ein Regiment Fußvolk übergesetzt worden, und sobald der Tag anbrach, marschierte der König mit drei Regimentern vor die Stadt, welche sich auf die erste Aufforderung hin Sir John Hepburn ergab.

Da sich die Befestigung noch mit einer Besatzung von 800 Spaniern hielt, so ließ der König 200 Schotten von Sir James Ramseys Leuten in der Stadt und rückte aus, um das Werk anzugreifen. Weil Sir James verwundet in Würzburg zurückgeblieben war, so übergab mir der König das Kommando über diese 200 Mann, die zusammen ein Regiment, das heißt, was von einem tapferen Regiment von 2000 Soldaten übrig blieb, ausmachten, welches der König unter der Anführung eines braven Obersten aus Schweden mitgebracht hatte.

Es waren in demselben noch 30 Offiziere, die zwar keine Gemeinen unter sich hatten, aber doch in Sold standen und bei dem Regimente als Freiwillige dienten und die bei den 200 Mann nicht mitgerechnet sind.

Der König wollte das Werk an der niedrigen Seite von der Straße, die nach Mainz führt, angreifen, und Sir John Hepburn, der auf der andern Seite gelandet war, rückte an, um es am Rheintore zu bestürmen.

Meine schottischen Freiwilligen hatten bemerkt, dass das Stadttor nicht so gut besetzt war wie die übrigen, weil aller Augen der Besatzung auf den König und auf Sir John gerichtet waren. Sie kamen in größter Eile zu mir und sagten, sie glaubten, dass sie mit dem Degen in der Hand ins Schloss eindringen könnten, wenn ich ihnen die Erlaubnis dazu geben wollte.

Ich sagte ihnen, ich dürfe dazu keinen Befehl geben, weil mein Auftrag nur auf die Verteidigung der Stadt lautete, allein da sie nicht aufhörten mich zu drängen und endlich ganz ungestüm wurden, so sagte ich ihnen, sie wären Freiwillige, sie könnten tun, was sie wollten, ich wollte ihnen jedoch 50 Mann mitgeben und die übrigen in Bereitschaft halten, um sie zu unterstützen oder ihnen Luft zu machen, wenn sich die Gelegenheit so machte, dass ich die Stadt nicht dabei der Gefahr preisgäbe.

Das war alles, was sie verlangten; sie machten unverzüglich den Angriff, die Freiwilligen erstiegen in einem Augenblicke mit Sturmleitern das Tor, ließen die Wache über die Klinge springen, sprengten das Tor auf und ließen die 50 Mann, die ich ihnen mitgegeben hatte, hinein. Sobald ich das sah, ließ ich alle Tore der Stadt verschließen außer demjenigen, das zur Festung führte, ließ an dieser letzteren 50 Mann als Reserve zurück und rückte mit den übrigen 100 Musketieren aus. Die Bürger, welche sahen, dass das Schloss so gut wie erobert war, ergriffen gleichfalls die Waffen und folgten mir ungefähr 200 Mann stark nach.

Die Spanier wurden von den Schotten zu Boden geschlagen, noch ehe sie wussten, woran sie waren, und der König und Sir John Hepburn, welche zum Sturm vorrückten, gerieten in Erstaunen, als sie sahen, dass sich die Spanier anstatt einer tapferen Gegenwehr von den Mauern herabstürzten, um der Wut der Schotten zu entgehen. Wenige von der Besatzung entkamen, denn fast alle wurden entweder niedergehauen oder gefangen genommen.

Als das Werk ganz vom Feinde gereinigt war, öffnete ich an des Königs Seite das Tor und benachrichtigte Se. Majestät, dass das Schloss sein wäre. Sogleich kam der König ins Fort – er war zu Fuß – und ich empfing ihn an der Spitze der schottischen Freiwilligen, welche mit den Piken salutierten. Der König zog den Hut vor ihnen ab, drehte sich herum und sagte lächelnd: Tapfere Schotten, brave Schotten, Ihr seid ein wenig zu lebhaft gewesen. Er winkte mir darauf und verlangte, dass ich ihm erzählen sollte, was wir für Maßregeln zur Erstürmung des Forts genommen hätten. Er war außerordentlich damit zufrieden, besonders aber mit der Vorsicht, die ich gebrauchte den Freiwilligen Luft zu machen, wenn sie Unglück hätten, und zu gleicher Zeit für die Sicherheit der Stadt zu sorgen.

Von hier marschierte die Armee nach Mainz, welches in vier Tagen mit Schloss und Zitadelle kapitulierte. Die Stadt bezahlte Sr. Majestät 300 000 Taler, um sich von der Plünderung und der Wut der Soldaten loszukaufen, und der König machte hier selbst den Plan zu den unüberwindlichen Festungswerken, welche Mainz zu einem der stärksten Plätze Deutschlands machten.

Freiburg, Königstein, Neustadt, Kaiserslautern und fast die ganze Unterpfalz ergaben sich bloß auf den Schreck von der Annäherung des Königs von Schweden und ließen es gar nicht erst auf die Gefahr einer Belagerung ankommen. Der König hielt zu Mainz ein außerordentlich prächtiges Hoflager, das durch die Gegenwart des Landgrafen von Hessen, einer unglaublichen Anzahl von Fürsten und Herren des Reiches und der Herrscher von auswärtigen Höfen noch glänzender gestaltet wurde. Se. Majestät hielt sich hier bis in den März hinein auf; erst als die Königin mit einem großen Gefolge englischer Edelleute von Erfurt aus auf dem Wege war ihn zu besuchen, brach er in Begleitung eines prächtigen Gefolges des deutschen Adels von Mainz nach Frankfurt auf und von da nach Höchst, um die Königin abzuholen.

Während des Aufenthaltes Sr. Majestät in diesen Gegenden waren seine Leute nicht müßig. Seine Truppen, die auf der einen Seite unter dem Pfalzgrafen bei Rhein, einem tapferen und immer glücklichen Befehlshaber, und auf der andern Seite unter dem Landgrafen von Hessen standen, streiften von Lothringen bis ins Luxemburgische und gingen gegen Westen über die Mosel und gegen Norden über die Weser.

Nichts konnte vor ihnen standhalten, die spanische Armee, welche den katholischen Kurfürsten zu Hilfe kommen sollte, kam zwar, wurde aber allenthalben zurückgetrieben und ganz aus dem Lande hinausgeschlagen, und das lothringische Heer wurde ganz und gar vernichtet.

Es war wohl niemals ein so lustiges Hoflager gesehen worden wie dieses, wo man täglich nichts anderes ankommen sah als Eilboten mit Nachrichten von geschlagenen Truppen, eroberten Städten, bewilligten Brandschatzungen, zersprengten einzelnen Korps, Gefangennehmungen und so weiter, und Abgesandte von Höfen, welche um Waffenstillstand oder um Neutralität baten, Unterwerfung und Vergleiche anboten und Rückstände oder Kontributionen bezahlten.

Am 10. Februar langte auch der König von Böhmen aus England an und mit ihm Mylord Craven mit einem Korps niederländischer Reiterei und einem sehr schönen Gefolge englischer Freiwilliger. Der Böhmenkönig begab sich ohne den geringsten Aufenthalt nach Höchst, um dem Könige von Schweden aufzuwarten, welcher ihn mit der größten Höflichkeit empfing und ihm zu Frankfurt ein schönes Bankett gab.

Niemals hatte der unglückliche König von Böhmen eine so schöne Aussicht auf Wiedereinsetzung in seine Erbländer wie damals, und wäre König Jakob, sein Schwiegervater, nur auf irgendeine Art ein Mann gewesen, der Gelegenheiten zu benutzen verstand, so wären ihm diese Hoffnungen gewiss nicht vereitelt worden. Allein es war wunderlich anzusehen, wie der König von Böhmen ankam und von dem englischen Hofe zu seinem Unternehmen mit nichts Weiterem ausstaffiert war als mit einem Lord und 40 bis 50 englischen Edelleuten; anstatt dass, wenn der König von England, wie er nach allgemeiner Ansicht recht gut hätte tun können, ihm 10 bis 12 000 Mann englischer Infanterie mitgegeben hätte, nichts imstande gewesen wäre, ihn zu verhindern seine Erblande wieder in völligen Besitz zu nehmen.

Und dennoch reinigte der König von Schweden auch ohne diese Hilfe fast die ganze Pfalz von den Kaiserlichen und bewirkte, dass nach dem Tode des Vaters der Sohn wenigstens wieder ins Kurfürstentum eingesetzt wurde, eine Sache, die wahrlich nicht England zu verdanken war.

Als Lord Craven mir die Ehre erzeigte, sich beim Könige namentlich nach mir zu erkundigen, hatten Se. Majestät die Gnade, mich dem Könige von Böhmen vorzustellen. Mylord Craven gab mir darauf einen Brief von meinem Vater, und als er einige Worte hatte fallen lassen, dass mein Vater unter dem Prinzen von Oranien in der Schlacht bei Nieuport gedient hätte, antwortete der König lächelnd: Sagen Sie ihm in meinem Namen, dass mir sein Sohn ebenso tapfer in der heißen Schlacht bei Leipzig gedient hat. Mein Vater, der über die Ehre, die mir ein so großer König erzeigt hatte, ganz entzückt war, hatte mir befohlen, Sr. Majestät vorzutragen, dass er, wenn es Sr. Majestät gefällig wäre, auf seine eigenen Kosten ein Regiment englischer Kavallerie errichten, es nach Holland überschiffen lassen und unter mein Kommando geben wollte, und Mylord Craven hatte Befehle vom König von England, Sr. Majestät zu erklären, dass er seine Einwilligung dazu gäbe.

Ich teilte meinem alten Freunde Sir John Hepburn den Inhalt dieses Briefes mit und bat ihn um seinen Rat. Der Vorschlag meines Vaters gefiel ihm außerordentlich, und wenn nicht gewisse Hindernisse es auf einige Tage verschoben hätten, so wäre es ihm am liebsten gewesen, dass ich augenblicklich mit meinem Briefe zum König gegangen wäre.

Die Einnahme von Kreuznach war die erste Unternehmung von einigem Belang. Der König brach selbst zur Belagerung dieser Stadt auf, und es kam bald zur Übergabe, allein das Schloss machte größere Schwierigkeit, denn seine Lage war so vorteilhaft und es war mit Befestigungen, eine immer hinter der andern und über der andern, rundherum so umgeben, dass die meisten glaubten, der König würde nicht ohne große Verluste von demselben zurückkehren. Allein es war nicht leicht der Entschlossenheit des Königs zu widerstehen. Er beschoss es nicht mehr als mit zwei kleinen Geschützen, und da die Befestigungen alle selbst von ihm besichtigt waren, ließ er unter der ersten eine Mine anlegen, welche mit gutem Erfolge sprang. Darauf befahl er Sturm zu laufen, und soviel ich weiß, waren dabei ebenso viele freiwillige Engländer, Schotten, Franzosen und Deutsche wie kommandierte Musketiere. Unter ihnen befand sich auch mein alter Reisegefährte Fielding, der unterdessen von seinen Wunden wieder hergestellt worden war.

Der erste Haufen Freiwillige, ungefähr 40 Mann, wurde von Mylord Craven befehligt, ich selbst führte den zweiten an, in welchem sich fast alle jene schottischen freiwilligen Offiziere befanden, welche das Fort bei Oppenheim eingenommen hatten. Der erste Haufen war nicht imstande, etwas auszurichten, denn die Besatzung wehrte sich mit solcher Wut, dass viele von den Freiwilligen verwundet, einige getötet und die übrigen zurückgeschlagen wurden.

Der König wurde über seine Leute ein wenig aufgebracht, nannte sie nach seinem eigenen Ausdrucke Ausreißer, obgleich sie sich wirklich in guter Ordnung zurückzogen, und befahl, dass der Angriff erneuert würde.

Die Reihe war nunmehr an uns, und meine schottischen Offiziere, die nicht gewohnt waren sich schlagen zu lassen, gingen unverzüglich vor. Lord Craven brach mit seinen Freiwilligen gleichfalls wieder ein und focht in der Bresche mit einer Picke in der Hand wie ein braver Mann. Um seiner Tapferkeit die Gerechtigkeit widerfahren zu lassen, die ihr gebührt, muss ich sagen, dass er einer der Ersten war, die oben auf dem Walle standen. Er gab meinem Reisegefährten Fielding die Hand und half ihm gleichfalls hinauf. Und so hoben wir einer den andern in die Höhe, bis endlich fast alle Freiwilligen die Befestigung bestiegen hatten.

Wir behaupteten uns mit großer Entschlossenheit und warteten nur, dass die kommandierten Musketiere uns nachkommen sollten, um den Feind anzugreifen, als einer von den feindlichen Hauptleuten Mylord Craven zurief, wenn sie ehrenvolle

Bedingungen bekommen könnten, wollten sie kapitulieren. Als Mylord geantwortet hatte, dass er dafür einstehen wollte, hörte die Garnison auf zu feuern und der feindliche Hauptmann sprang vom nächsten Wall herab und ging mit Lord Craven ins Lager. Die Bedingungen wurden auf beiden Seiten festgesetzt und das Schloss ergab sich.

Als der König nach der Einnahme dieser Stadt hörte, dass General Tilly sich nähere und dass er den Feldmarschall Gustav Horn aus Bamberg vertrieben hätte, fing er an seine Truppen zusammenzuziehen, überließ die Sorge für Eroberungen in diesen Gegenden dem Reichskanzler Oxenstiern und machte Anstalten auf Bayern loszugehen.

Ich hatte eine gelegene Zeit wahrgenommen, um mit Sir John Sr. Majestät aufzuwarten, und ich wollte eben das Gespräch auf meines Vaters Brief bringen, als mir der König sagte, er hätte meinetwegen einen Brief vom König Karl erhalten. Ich antwortete ihm, Se. Majestät hätte mich und alle meine Freunde durch seine auszeichnende Großmut verbindlich gemacht, ihm unsere Ehrfurcht und Dankbarkeit zu bezeugen, vielleicht hätte also mein Vater den König von England gebeten, einige Worte von seinen dankbaren Gesinnungen einfließen zu lassen, Se. Majestät hätte in mir Ihre Gnade einer Familie erzeigt, die willig und bereit sei, ihm zu dienen, ich hätte auch schon Befehle von meinem Vater erhalten, welche mich, wenn Se. Majestät geruhen wollten, dieselben zu bestätigen, instand setzen könnten, Sr. Majestät auf eine unzweifelhafte Art zu zeigen, wie sehr ich von Ihren Gnadenbezeugungen durchdrungen wäre.

Mit diesen Worten zog ich meines Vaters Brief heraus und las den Teil desselben, der sich auf das zu errichtende Regiment Kavallerie bezog. Seine Worte waren:

Mit dem größten Vergnügen, lieber Sohn, habe ich die Erzählungen gelesen, die du mir teils von den außerordentlich großen Eroberungen des Königs von Schweden, teils von Sr. Majestät ganz besonderer Gnade gegen dich gemacht hast. Ich hoffe, du wirst die Letztere zu schätzen wissen und dich bemühen sie zu verdienen. Es ist mir lieb, dass du lieber als Freiwilliger auf deine Kosten dienen willst als irgendeine Bestallung anzunehmen, in der du dich aus Mangel an Erfahrung etwa nicht tüchtig verhalten möchtest.

Ich habe den König gebeten, dass er geruhen möge, Sr. Majestät dem Könige von Schweden für die Ehre, die er dir erzeigt hat, ausdrücklich Dank zu sagen, und wenn du glaubst, dass du dir soviel Freiheit herausnehmen darfst, so würde ich es gern sehen, wenn du Sr. Majestät im Namen eines alten ausgedienten Soldaten auf die demütigste Art noch eine Danksagung machtest.

Wenn du glaubst, dass du Offizier genug bist, um ein Regiment Kavallerie zu befehligen, so bin ich erbötig für Se. Majestät eines zu errichten. Ich habe sehr große Hoffnung, dass ich es mithilfe einiger von unsern alten Bekannten, die Lust haben, sich in der Welt umzusehen, bald vollständig beisammen haben werde.

Wenn Se. Majestät geruhen, den Vorschlag anzunehmen, so soll das Regiment beim Einflusse der Maas seine Befehle erwarten. Der König Karl hat mir versprochen, sie mit Gewehren zu versehen und sie nach Holland einzuschiffen, und ich hoffe, dass sie solche Dienste leisten werden, wie es deine Ehre und Sr. Majestät Ruhm erfordert. Dein getreuer Vater usw.

Das ist wahrhaftig ein Anerbieten, das einem wackern Mann und einem Soldaten ähnlich sieht, sagte der König, und ich nehme es an, aber unter zwei Bedingungen. Erstens, dass ich Ihrem Vater die Auslagen für die Errichtung des Regiments wiedererstatte, und zweitens, dass es in die Weser oder in die Elbe einläuft. Ist das Letztere dem König von England nicht gefällig, so will ich den Transport bezahlen. Denn lasse ich das Regiment in Holland landen, so wird es schwer sein, es an uns zu ziehen, wenn mein Heer alsdann die hiesigen Gegenden verlassen haben sollte.

Ich schrieb meinem Vater diese Antwort zurück und schickte meinen früheren Bedienten Georg nach England, um das Regiment, zu dessen Quartiermeister ich ihn machte, in Ordnung zu bringen; für die Offiziere sandte ich Bestallungen in blanko mit des Königs Unterschrift, die mein Vater, so wie er es für gut befände, ausfüllen sollte. Als mir diese Bestallungen vom Könige gebracht wurden, sagte mir der Sekretär, ich müsste wieder damit zurück zum Könige gehen. Ich tat das augenblicklich, der König öffnete das Paket, legte alle Bestallungen, eine ausgenommen, auf den Tisch vor sich hin, befahl mir, sie zu mir zu nehmen, und behielt die eine noch immer in der Hand.

Nun, sagte er endlich, sind Sie einer von meinen Soldaten, und damit übergab er mir die Bestallung als besoldeter Oberst der Kavallerie. Ich nahm das Geschenk kniend entgegen und stattete Sr. Majestät meinen untertänigsten Dank ab.

Aber, sagte der König, es gibt noch einen Kriegsartikel, den ich Ihnen mehr als alles andere einschärfen muss.

Mir wird keine Pflicht wichtiger sein, erwiderte ich, als jeden Befehl Eurer Majestät zu erfüllen, sobald ich weiß, worin er besteht.

Nun der Artikel besteht darin, dass Sie niemals eher fechten als bis Sie Befehl dazu bekommen, denn ich bin nicht gesonnen meinen Obersten zu verlieren, bevor ich das Regiment habe.

Majestät, antwortete ich, die Befehle Ew. Majestät sollen jederzeit auf das Pünktlichste von mir befolgt werden.

Mein Vater hatte das Regiment in weniger als zwei Monaten beisammen, und sechs von den Offizieren kamen wirklich und brachten mir die Liste mit. Ich stellte die Offiziere dem Könige vor, als er vor Nürnberg lag, und sie hatten die Ehre von ihm zum Handkuss zugelassen zu werden. Einer von den Hauptleuten machte mir den Vorschlag, dass er das ganze Regiment innerhalb sechs Wochen als reisende Privatpersonen zur Armee bringen und ihre Ausrüstung entweder überschiffen oder in Deutschland kaufen wollte, allein die Sache wurde bald als unpraktisch verworfen. Bei alledem fanden sich auf diese Art so viele von ihnen zu mir, dass ich bald einen vollständigen Trupp um mich hatte und schließlich Befehl vom König erhielt, sie als Truppen zu mustern.

Am 8. März brach der König auf, zog den Main hinauf und richtete seinen Marsch geradenwegs nach Bayern. Er nahm unterwegs einige kleine Plätze weg und in der Erwartung, mit Tilly handgemein zu werden, wenn dieser ihm etwa seinen Einmarsch in Bayern streitig machen wollte, hielt er seine Armee zusammen. Allein Tilly fand, dass er zu schwach sei, um dem König entgegenziehen zu können, kehrte um, ließ Bayern dem Könige offen und marschierte in die Oberpfalz.

Da der König also das Land von den Kaiserlichen gereinigt fand, ging er nach Nürnberg, hielt am

21. März seinen Einzug in die Stadt, wurde von den Bürgern herrlich bewirtet, setzte seinen Marsch nach Bayern fort, belagerte am 26. die Stadt Donauwörth und nahm sie am Tage darauf mit Sturm ein – so geschwind war dieser unüberwindliche Held in seinen Eroberungen.

Sir John Hepburn an der Spitze der schottischen und englischen Freiwilligen kam zuerst in die Stadt und ließ die ganze Garnison über die Klinge springen, ausgenommen diejenigen, die über die Brücke entwischt waren.

Ich selbst hatte an der Eroberung von Donauwörth keinen Anteil, da ich nun bei der Kavallerie stand. Aber ich war mit fünf Trupp Reiterei auf den Straßen postiert, wo wir denn eine große Menge Ausreißer von der Garnison auffingen und zu Kriegsgefangenen machten.

Man ziehe in Betracht, dass die Stadt Donauwörth ein sehr starker und gut befestigter Platz ist, und dennoch verfuhr der König mit einer solchen Geschwindigkeit und zeigte bei seinem Angriff eine solche Entschlossenheit, dass er die Stadt nahm, ohne sich die Mühe zu machen förmliche Laufgräben zu eröffnen.

Überhaupt war das allemal seine Methode, wenn er vor eine Stadt kam, um sie zu belagern. Es war niemals seine Art, sein Lager in einiger Entfernung aufzuschlagen und dann von Weitem seine Angriffe zu eröffnen, sondern er führte die Leute unverzüglich bis auf einen halben Musketenschuss von dem Platze, warf sie da in gute Deckung, ließ sogleich gerade vor ihnen seine Batterien errichten und den Angriff eröffnen, und gab es irgendeinen Ort, wo es zu wagen war, so ließ er ohne den geringsten Verzug Sturm laufen, und durch solche entschlossenen Angriffe nahm er vermittels der ersten Hitze seiner Leute manche Stadt weg, die eine regelmäßige Belagerung viele Tage ausgehalten hätte.

Dieser Marsch des Königs vereitelte alle Maßregeln Tillys, welcher nun genötigt war umzukehren, die Oberpfalz zu verlassen und dem Kurfürsten von Bayern zur Hilfe zu kommen. Denn der König, der 20 000 Mann stark war, 10 000 Mann Infanterie und 4000 Mann Dragoner nicht mitgerechnet, die vom Thüringer Walde aus zu ihm gestoßen waren, hatte den festen Entschluss gefasst, diesen Kurfürsten gänzlich zu vernichten, den er nun ganz entblößt vor sich hatte, und der der mächtigste und geschworenste Feind der Protestanten im ganzen Reiche war.

Tilly hatte sich nunmehr mit dem Kurfürsten vereinigt, und beide zusammen mochten etwa 22 000 Mann haben. Sie hatten sich, um die Schweden von Bayern abzuhalten, an dem Ufer des Lech entlang ausgebreitet, der hier die kurfürstliche Grenze ausmachte, hatten das gegenüberliegende Ufer des Flusses befestigt, an allen geeigneten Plätzen einige englische Meilen lang am Fluss entlang ihr Geschütz aufgepflanzt und waren entschlossen, dem Könige den Übergang streitig zu machen.

Ich werde in der Erzählung dieses Übergangs über den Lech etwas weitläufiger sein, teils, weil er noch bis heute für eine so große Tat gehalten wird als irgendeine Schlacht oder Belagerung dieses Jahrhunderts, teils weil ihn das Unglück des alten tapferen Generals Tilly berühmt gemacht hat, teils auch weil ich in der Schilderung desselben um so viel genauer sein kann als andere, da ich selbst von Anfang bis zum Ende ein Augenzeuge gewesen bin.

Als der König sichere Nachrichten von der Stellung der bayerischen Armee eingezogen hatte, wäre er eines Tages beinahe auf den Einfall gekommen, das Ufer des Lech zu verlassen und wieder über die Donau zu gehen, um Ingolstadt, eine der vornehmsten Städte von Bayern, zu belagern. Allein die starken Festungswerke dieser Stadt und die Schwierigkeiten, in einem feindlichen Lande die Belagerung auszuführen, während Tilly so stark im Felde war, wiederrieten ihm die Ausführung dieses Planes, und er sagte sich, dass zuerst Tilly aus dem Lande vertrieben werden müsste und dass dann die Belagerung von Ingolstadt um soviel leichter sein werde.

Der König beschloss hierauf, die Stellung des Feindes selbst zu besehen. Er ritt deswegen am 2. April mit einer starken Abteilung Reiterei aus, welche ich die Ehre hatte zu befehlen. Wir marschierten so nahe heran als wir konnten nach dem Ufer des Flusses zu und hielten uns nur in einer Entfernung, dass wir dem Geschütz des Feindes nicht zu sehr ausgesetzt waren. Als wir eine kleine Anhöhe erreicht hatten, von der man den Lauf des Flusses ziemlich weit übersehen konnte, machte der König Halt und befahl, dass wir uns in Schlachtordnung aufstellen sollten.

Der König stieg ab, rief mich zu sich und untersuchte durch sein Glas jede Krümmung und Wendung des Flusses. Allein da derselbe fast überall geradeaus lief, so konnte der König lange keine Stelle finden, die ihm passend erschienen wäre, bis er sich endlich nordwärts wandte. Erst als er auf den Strom abwärts sah, fand er, dass er in einer ziemlichen Entfernung von unserm Standorte plötzlich seinen geraden Lauf veränderte und eine runde, ziemlich schmale Landecke machte.

Dort ist eine Stelle, wie wir sie brauchen können,

sagte der König, und ist der Grund gut, so will ich dort übersetzen, Tilly mag dann tun, was er will.

Er beorderte sogleich eine kleine Schar von unsern Reitern die Lage des Bodens zu untersuchen und ihm besonders Nachricht zu bringen, wie hoch an jeder Seite vor allem an der Landecke das Ufer wäre. Und derjenige, setzte er hinzu, der mir zuverlässigen Bericht bringt, wie tief das Wasser ist, soll 50 Taler bekommen.

Ich bat den König um Erlaubnis, mitreiten zu dürfen, doch das wollte er mir nicht erlauben. Allein da sie eben abmarschieren wollten, sagte ein Wachtmeister von den Dragonern zum Könige, wenn er es erlaubte, so wollte er sich als Bauer verkleiden und bald von allem Nachricht bringen, was der König gern wissen wollte.

Der König ließ sich den Vorschlag gefallen, und der Dragoner, der gut in der Gegend bekannt war, zog Bauernkleider an, nahm eine lange Stange auf die Achsel und ging fort. Die Kavallerie blieb unterdessen im Gehölz liegen, und der König hielt immer auf einer kleinen Anhöhe, ohne vom Feinde entdeckt zu werden.

Der Dragoner ging mit seiner langen Stange dreist hinab ans Ufer des Flusses, rief die Schildwachen an, die Tilly an dem jenseitigen Ufer postiert hatte, schwatzte mit ihnen und fragte, ob sie ihm hinüberhelfen könnten, und tat, als wenn er durchaus hinüber müsste. Endlich kam er bis an die Stelle, wo der Fluss eine plötzliche Krümmung machte, blieb dort stehen und fing mit den Schildwachen wieder ein Gespräch an. Nach einer Weile tat er, als wenn er durchwaten wollte, stieg hinein ins Wasser, bis es ihm an den halben Leib ging, fühlte dann mit der langen Stange vor sich hin, schüttelte den Kopf und kehrte wieder um.

Die Soldaten am jenseitigen Ufer lachten ihn aus und fragten ihn, ob er schwimmen könne.

Nein, sagte er, das kann ich nicht.

Du Narr, fing eine von den Schildwachen an, der Fluss ist 20 Fuß tief.

Woher wisst ihr denn das? fragte der Dragoner.

Weil ihn unser Baumeister gestern ausgemessen hat, antwortete jener.

Das war es eben, was der Dragoner wissen wollte, aber da seine Neugierde noch nicht ganz befriedigt war, ließ er es dabei noch nicht bewenden. Aber hört einmal, sagte er, wenn einer von euch mir entgegenwaten will, bis ich ihn mit meiner Stange erreichen kann, so will ich ihm einen halben Dukaten geben, dass er mich vollends hinüberzieht.

Die einfältige dumme Art, mit der er es anfing, machte jene so sicher, dass sich einer von ihnen gleich auszog und hineinwatete, während der Dragoner gleichfalls an unserer Seite hineinstieg. Allein der Strom hätte jenen bald mit sich fortgeschwemmt, da er aber ein guter Schwimmer war, so kam er noch glücklich hinüber auf unsere Seite, und der Dragoner kehrte nun auch wieder im Wasser um.

Nun ward ihm einige Augenblicke bange, dass er entdeckt werden könnte, aber er fasste bald wieder Mut und beschloss den Spaß fortzusetzen. Er erzählte jenem eine Menge Mordgeschichten von den Schweden, die ihm seine Habe gestohlen hätten, und seinen Zuhörer fror immer, dass ihm die Zähne klapperten. Endlich konnte es der arme Teufel nicht länger aushalten, und der Dragoner wünschte selbst herzlich ihn los zu sein. Er tat noch, als wenn es ihm gar nicht passte, dass er nicht hätte hinüberschwimmen können und so gingen sie endlich auseinander.

Unterdessen hatte der Dragoner nebenher die ganze Tiefe und Breite des Stromes, den Boden und die Beschaffenheit von beiden Ufern, mit einem Worte alles ausgekundschaftet, was der König gern wissen wollte. Wir konnten ihn von der Anhöhe aus mit unsern Gläsern gut sehen und der nackte halb erfrorene Kaiserliche nahm sich ganz drollig neben ihm aus.

Er wird ganz gewiss entdeckt werden, sagte der König, und sie werden ihm bald von drüben herüber etwas an den Kopf werfen, er ist ein Narr, dass er dem Kerl nicht eins mit der Stange gibt und davonläuft.

Als aber der Dragoner zurückgekommen war und sein Märchen erzählte, war der König so mit ihm zufrieden, dass er ihm statt der versprochenen 50 Taler 100 anwies und ihn zum Quartiermeister bei einem Trupp Kavallerie machte. Der König fragte ihn aufs Genaueste aus und erhielt von ihm einen sehr umständlichen Bericht von dem diesseitigen Ufer, welches nach seiner Erzählung einen harten steinigen Boden hatte und zehn bis zwölf Fuß höher war als das jenseitige.

Hierauf fasste der König den festen Entschluss, in jener Stelle überzugehen, und er gab deswegen die Befehle zu einer Brücke, die bis ins kleinste nach seiner eigenen Erfindung gemacht wurde, und ich glaube nicht, dass jemals vorher oder nachher ein Heer über eine Brücke solcher Art gegangen ist.

Sie bestand aus einfachen, unbefestigten Bohlen, die ungefähr auf dieselbe einfache Art auf breite Böcke gelegt waren wie bei den Gerüsten, deren sich die Maurer bedienen, wenn sie ein Mauerwerk aufführen. Die Böcke waren bald höher, bald niedriger, je nachdem sie an eine Stelle kommen sollten, wo der Fluss tiefer oder seichter war, und sie waren alle fix und fertig, ehe man sich das Geringste merken ließ, dass man einen Übergang wagen wollte. Als alles bereit war, führte der König seine Leute an das Ufer des Flusses hinab und pflanzte sein Geschütz, so wie es der Feind gemacht hatte, in Abständen hier und da auf, um den Feind in Ungewissheit zu lassen.

In der Nacht zum 1. April befahl der König 2000 Mann, um die Landecke zu marschieren. Sie mussten rund um sie herum eine Verschanzung aufwerfen und an jedem Winkel eine Batterie von sechs Kanonen errichten, außer drei kleinen Batterien, eine an der Ecke und eine an jeder Seite, und jede derselben mit zwei Kanonen besetzen. Diese Arbeit wurde so rasch bewerkstelligt und, während der König die ganze Nacht hindurch aus dem Geschütz feuern ließ, mit soviel Eifer betrieben, dass bei Tagesanbruch alle Batterien aufgestellt, die Schanze mit 2000 Mann besetzt und alles Zubehör zur Brücke herbeigeschafft war, um sie zusammenzusetzen.

Nun merkten die Kaiserlichen das Vorhaben des Königs, aber es war zu spät, die Sache noch zu hintertreiben. Die Musketiere auf der großen Schanze und die fünf neuen Batterien gaben ein so anhaltendes Feuer, dass das jenseitige Ufer, welches, wie wir gesagt haben, zwölf Fuß niedriger lag als das diesseitige, den Kaiserlichen zu heiß wurde. Tilly fing nun an, um den König bei seinem Übergange zu empfangen, in einem Gehölze gerade der Landecke gegenüber emsig arbeiten zu lassen, ließ eine starke Batterie von 20 Kanonen hinbringen und zur Bedeckung seiner Leute so nahe am Flusse, als er konnte, eine Brustwehr aufwerfen, in der Absicht, wenn der König seine Brücke gebaut hätte, sie mit seinem Geschütz zusammenzuschießen.

Allein der König hatte sich in dieser Sache doppelt vorgesehen. Erstlich hatte er seine Brücke so niedrig gelegt, dass keine von Tillys Kugeln sie treffen konnte, denn die Brücke lag nicht einen halben Fuß über der Wasserfläche. Durch dieses Mittel hatte der König, der sich bei dieser Gelegenheit als ein vortrefflicher Baumeister zeigte, seine Brücke vor jeder Batterie gesichert, welche landeinwärts aufgeführt werden konnte, so wie der Winkel des Ufers sie vor jeder entfernten Batterie an dem jenseitigen Ufer schützte, und außerdem musste das beständige Feuern aus dem schwedischen Geschütz und aus dem kleinen Gewehr die Kaiserlichen, welche keine Werke hatten, um sich zu decken, aus ihrer Stellung gerade gegenüber vertreiben.

Zweitens setzte der König, um seinen Übergang zu decken, in zwei Malen 400 Männer über, welche Befehl hatten, gerade an der Stelle des jenseitigen Ufers, wo er seine Brücke anlegen wollte, eine große Befestigung aufzuwerfen. Und dies wurde mit solcher Geschwindigkeit ausgeführt. dass sie noch vor Nacht beendet und imstande war, alle Kugeln von Tillys großer Batterie abzuhalten und so die Brücke zu decken.

Während dies geschah, legte der König von seiner Seite aus die Brücke auf. Beide Teile arbeiteten unablässig Tag und Nacht, sodass es das Ansehen hatte, als wenn nicht das Schwert, sondern der Spaten den Streit entscheiden sollte, und als wenn derjenige den Sieg davontragen müsste, dessen Brustwehren und Batterien zuerst fertig wären. Die Kugeln aus den Kanonen und Musketen flogen unterdessen wie Hagel hin und her und machten den Dienst so heiß, dass beide Teile genug zu tun hatten, um ihre Leute bei der Arbeit zu halten.

Der König ermunterte da, wo es am heißesten herging, seine Leute durch seine Gegenwart, und Tilly, um ihm Gerechtigkeit widerfahren zu lassen, tat dasselbe. Denn die Niederlage, welche die Kugeln anrichteten, war so groß und es blieben so viele Offiziere auf dem Platze oder wurden verwundet, dass Tilly endlich es für das Beste hielt, selbst uns gegenüber an der Front herunterzureiten, um seinen Leuten Mut zuzusprechen und die nötigen Befehle zu geben.

Um ein Uhr, ungefähr um die Zeit, als der König die Brücke gänzlich fertig hatte, wurde der alte tapfere Tilly, eben als er, wie einige sagten, Befehl gegeben hatte, unsere Verschanzung mit 3000 Mann Infanterie anzugreifen, durch eine Musketenkugel am Schenkel verwundet. Er wurde nach Ingolstadt gebracht und lebte nur noch einige Tage. Er starb an seiner Wunde an demselben Tage, als dem Könige bei der Belagerung dieser Stadt sein Pferd unter dem Leibe erschossen wurde.

Wir trugen allerseits nicht das geringste Bedenken über den Fluss zu gehen, da wir mit einem so außerordentlichen Glück schon so weit vorwärts gekommen waren. Allein wir würden gewiss ein heißes Stück Arbeit vor uns gehabt haben, wenn General Tilly seinem Schicksal nur einen Tag länger hätte entgehen können. Und wenn es mir erlaubt ist meine Meinung darüber zu sagen, so gestehe ich, als ich nachher Tillys Batterie und Brustwehr sah, angesichts derer wir hätten über den Fluss gehen müssen, so scheint es mir ganz gewiss, wenn Tilly bei unserm Übergange uns mit seiner Kavallerie und dem Fußvolke, das hinter der Schanze stand, uns angegriffen hätte, unsere ganze Armee in einer ebenso gefährlichen Lage gewesen wäre, als wenn wir angesichts einer starken Festung eine Kontreskarpe gestürmt hätten.

Selbst der König, als er sah, mit welcher Klugheit Tilly seine Werke angelegt hatte und welche Gefahr er selbst hätte laufen müssen, konnte sich nicht enthalten zu sagen: der glückliche Erfolg dieses Tages wäre ebenso wichtig wie der Sieg bei Leipzig.

Als Tilly verwundet worden war, fingen die Kaiserlichen an sich zurückzuziehen, gleichsam als wenn nun die Seele des Heeres verloren wäre, und der Kurfürst von Bayern nahm Pferde und jagte davon, als wenn er aus einer Schlacht entflöhe, bloß um sein Leben zu retten.

Die übrigen Anführer, die ein wenig mehr Vorsicht als Mut besaßen, zogen sich erst nach und nach zurück, sodass sie erst das Geschütz und das Gepäck fortbrachten und nur einige Kanonen zurückließen, welche fortfahren mussten auf uns zu feuern, um ihren Rückzug zu verbergen.

Da der Fluss alles Kundschaften verhinderte, so wussten wir nichts von dem Unglück der Kaiserlichen. Der König, der sich auf harte Schläge gefasst machte, gab nach Vollendung der Brücke und der Schanze Befehl, eine Verschanzung mit Palisaden aufzuwerfen, und deshalb mehr Grund an dem Ufer einzunehmen, damit die ersten Truppen, welche er hinüberschicken würde, gedeckt wären. Da dies noch in derselben Nacht ausgeführt wurde, schickte der König ein Detachement unserer Garde hinüber, um diejenigen zu unterstützen, die im Ravelin standen, und kommandierte aus der schottischen Brigade 600 Musketiere, um die neue Verschanzung zu bemannen.

Sehr früh am Morgen wurde eine kleine Abteilung

Schotten von Lord Reas Regiment unter dem Kommando des Hauptmanns Foebes ausgeschickt, um Kundschaft vom Feinde einzuziehen, weil er bemerkte, dass er die ganze Nacht nicht gefeuert hatte. Während diese Abteilung ausrückte, stand die Hauptmacht in Schlachtordnung, und mein alter Freund Sir John Hepburn, auf den sich der König bei jedem verzweifelten Unternehmen am meisten verließ, hatte den Befehl, mit seiner Brigade über die Brücke zu gehen, sich außerhalb der Verschanzung aufzustellen und sogleich vorzurücken, sobald die Kavallerie, die ihn unterstützen sollte, nachgekommen wäre.

Sir John war kaum außerhalb der Verschanzung, als er auf den Hauptmann Foebes stieß, der einige Gefangene und die gute Neuigkeit vom Rückzug des Feindes mitbrachte. Sir John sandte ihn geradenwegs zum König, welcher an der Spitze seiner ganzen in Ordnung aufgestellten Armee hielt und in Erwartung eines sehr heißen Tagewerks in voller Bereitschaft war, seiner Vorhut sogleich zu folgen.

Sir John sandte Boten über Boten an den König und ließ ihn um Befehle bitten, vorzurücken, aber der König wollte es durchaus nicht zugeben, weil er beständig auf seiner Hut war und sich keinem Überfalle aussetzen wollte, sodass das Heer den ganzen Tag und die folgende Nacht an dieser Seite des Lechs stehen blieb.

Am Morgen darauf schickte der König nach mir und befahl mir, mit 300 Pferden auszurücken. Ein anderer Oberst bekam gleichfalls Befehl, mit 600 Pferden und noch ein anderer mit 800 Dragonern auszurücken. Wir sollten auf drei verschiedenen Wegen ins Holz reiten, doch so, dass wir einander unterstützen könnten. Sir John musste mit seiner

Brigade bis an den Rand des Gehölzes vorrücken, um uns den Rückzug freizumachen, und wieder eine andere Brigade Fußvolk musste über die Brücke gehen, um Sir John zu unterstützen: ein Beweis, wie vorsichtig dieser kluge Feldherr zu verfahren pflegte.

Wir gingen mit unserer Kavallerie in das bayerische Lager vor, das wir verlassen fanden. Die Beute darin war sehr unbeträchtlich, denn die außerordentliche Vorsicht, die der König brauchte, hatte ihnen Zeit gelassen ihre ganze Bagage abzuführen. Wir folgten ihnen etwa drei bis vier englische Meilen weit und kehrten dann in unser Lager zurück.

Ich gestehe, dass ich diesen Tag mich an dem Anblick der Werke, die Tilly hatte aufwerfen lassen, sehr weidete, und muss noch einmal bekennen, wenn er nicht das Unglück gehabt hätte, wir ein ganz verzweifeltes Stück Arbeit vor uns gehabt hätten.

Am folgenden Tage stieß unter dem Befehle Gustav Horns die übrige Kavallerie zu uns, und der König mit dem ganzen Heere folgte nach. Wir marschierten darauf durch das Herz von Bayern, nahmen auf die erste Aufforderung Rain und verschiedene andere kleine Städte und belagerten Augsburg.

Obwohl Augsburg eine protestantische Stadt war, hatte es doch eine katholische bayerische Besatzung von mehr als 5000 Mann in den Mauern, welche unter dem Kommando eines Fugger stand, der wie bekannt aus einer der vornehmsten Familien Bayerns entstammte. Der Gouverneur hatte in einer Entfernung von zwei bis drei Meilen von der Stadt verschiedene kleine Trupps als Vorposten ausgestellt.

Als sich der König der Stadt näherte, gab er mir Befehl, mit meinem kleinen Korps und drei Kompanien Dragonern diese Vorposten anzugreifen.

Der erste Trupp, auf den ich stieß, war nicht über 16 Mann stark, sie hatten eine kleine Schanze quer über die Straße geworfen und zeigten viel Entschlossenheit ihre Posten zu verteidigen. Ich ließ meine Dragoner absitzen und die Schanze ersteigen, und während sie dies mit großem Mut unternahmen, gaben jene 16 Mann aus ihren Musketen zwei Salven auf sie und zogen sich alsdann aus ihrer Verschanzung eine Viertelmeile weiter bis an einen Schlagbaum zurück.

Ich setzte ihnen mit meinen Leuten bis dahin nach, fand aber, dass der Durchgang von 200 Musketieren verteidigt wurde. Ich schickte mich daher zu einem Angriff an, sandte dem Könige Nachricht von der Stärke des Feindes und verlangte Verstärkung an Fußvolk.

Meine Dragoner wagten einen Angriff und hatten den Feind, obwohl er ein sehr heißes Feuer gab, schon von diesem Posten weggeschlagen, ehe noch die 200 Mann Fußvolk anlangten, die der König mir geschickt hatte. Als diese zu mir gestoßen waren, verfolgte ich den Feind, der sich fechtend bis unter die Kanonen einer festen Redoute zurückzog, wo sie sich wieder in Ordnung aufstellten, und durch ein anderes Korps von ungefähr 300 Mann Infanterie aus den Werken verstärkt wurden.

Ich machte hierauf Halt und wurde gewahr, dass ich schon im Angesicht der Stadt und ein ansehnliches Stück von der Armee entfernt war, kehrte um und fing an mich zurückzuziehen, als der Feind uns auf dem Marsch nachsetzte, sich aber stets in einer gewissen Entfernung hielt, als wenn er uns bloß beobachten wollte. Wir waren aber noch nicht weit marschiert, als ich eine Salve aus dem kleinen Geschütz hörte, die durch zwei oder drei andere beantwortet wurde, und ich befürchtete sogleich, dass es bei dem schon genannten Schlagbaum sein könnte, wo ich eine kleine Besatzung von 26 Mann mit einem Leutnant zurückgelassen hatte.

Ich schickte also unmittelbar 100 Dragoner meinen Leuten zur Hilfe, um meinen Rückzug zu decken und mir selbst so schnell wie es wegen des Fußvolkes möglich war, nachzufolgen. Ich kurzer Zeit aber erhielt ich von jenem Offizier die Nachricht, dass der Posten vom Feinde genommen und meine Leute abgeschnitten wären, ich beschleunigte also meinen Marsch und fand bei meiner Ankunft die Nachricht des Offiziers bestätigt, denn der Posten war genommen und mit 300 Musketieren und drei Trupps Kavallerie besetzt. Mittlerweile wurde ich gewahr, dass die Abteilung, welche meiner Nachhut folgte, sich gegen mich wandte und mir schon ziemlich nahe war, und dass ich ziemlich zwischen zwei Feuern kommen und von vorn und hinten zugleich angegriffen werden würde.

Ich sah nun kein anderes Mittel, aus dieser kritischen Lage herauszukommen, als mit aller Gewalt die Abteilung, welche vor mir war, anzufallen und hindurchzubrechen, ehe noch diejenigen, welche aus der Stadt anrückten, mir zu nahe gekommen waren. Ich befahl also meinen Dragonern abzusitzen und die feindliche Infanterie anzufallen, deren Kavallerie an der einen Seite der Heerstraße auf einem offenen Felde in Schlachtordnung aufgestellt war. Auf der andern Seite schützte sie ein sehr tiefer Graben, sodass sie mir in die Flanken fallen konnten, wenn ich ihre Infanterie, die vor mir stand, anfallen wollte. Währenddessen konnte die Abteilung hinter mir meine Nachhut angreifen und mir den Rückzug abschneiden, was ihnen gewiss gelingen musste, wenn die andern zur rechten Zeit ankämen. Meine Dragoner wagten drei verschiedene harte Angriffe auf das Fußvolk, wurden aber von jener Seite mit einer solchen Entschlossenheit und mit einem so heftigen Feuer empfangen, dass sie zurückgeschlagen und 16 Mann von ihnen getötet wurden.

Da ich meine Leute in einer so misslichen Lage und die feindliche Kavallerie zum Angriff bereit sah, so verstärkte ich sie aufs Neue mit 100 Musketieren, welche den Angriff erneuerten. Zur selben Zeit stellte ich mich mit meiner Kavallerie, welche auf beiden Flügeln mit 50 Musketieren flankiert war, der feindlichen Reiterei gegenüber, ohne sie selbst anzugreifen. Nun aber wurde die Lage verzweifelt, denn der Feind hinter nur war mir mit 600 Mann schon fast im Nacken, und der Hauptmann, der die Musketiere befehligte, die meine Reiterei flankierten, kam zu mir und sagte: Sir, wir sind alle verloren, wenn wir nicht diesen Durchbruch erzwingen: wollen Sie Ihre Reiterei und 20 meiner Musketiere herausziehen, so will ich mit den übrigen die feindliche Reiterei aufzuhalten versuchen.

Gut, sagte ich, und sogleich schwenkte ich mit meinen Dragonern und den wenigen Musketieren herum und griff den Feind an. Da meine Leute die große Gefahr, in welcher wir uns befanden, ebenso gut einsahen wie ich, fochten sie wie wütend, sodass das feindliche Fußvolk am Schlagbaum unser Einbrechen nicht verhindern konnte, und wir glücklich hindurchkamen, nachdem ungefähr 150 Feinde getötet und die übrigen in Unordnung gebracht waren.

Aber nun befand ich mich in einer größeren Verlegenheit als zuvor, da ich nämlich meinen braven Hauptmann retten musste, auf welchen der Feind mit aller Gewalt eindrang. Er verteidigte sich zwar mit einer außerordentlichen Tapferkeit und hatte noch den Vorteil eines großen Zaunes, der ihn etwas deckte, aber er hatte schon die Hälfte seiner Leute verloren und stand gerade auf dem Punkte völlig geschlagen zu werden, als mit einem Male eine Abteilung von 600 Dragonern herbeistürzte, welche der König, um mich zu verstärken, abgesandt hatte, da er durch einen Soldaten von meiner Lage benachrichtigt worden war, welcher das Glück gehabt hatte, von jenen 26 Mann, die am Schlagbaum abgeschnitten waren, zu entkommen. Die Verstärkung kam eben an, als ich durch die Feinde gebrochen war, die feindliche Infanterie versammelte sich wieder hinter ihrer Reiterei, die andere feindliche Partei aber, welche jetzt auch ausgerückt war, zog sich, da sie unsere Verstärkung gewahr wurde, wieder zurück.

Ich verlor in diesem Scharmützel über 100 Mann, vom Feinde blieben ungefähr 180 auf dem Platze. Wir sicherten den Pass, ließen eine Kompanie Fußvolk nebst 100 Dragonern dabei zurück und kamen also mit einem ziemlichen Verlust wieder zur Armee. Um dergleichen Scharmützeln, die gewöhnlich nichts entscheiden, zuvorzukommen, rückte der König den Tag darauf näher vor die Stadt und lagerte sich mit seiner Streitmacht nach seiner Gewohnheit innerhalb eines Kanonenschusses von ihren Wällen.

Der König nahm diese große Stadt mehr durch Gewalt seiner Feder und Worte als durch die Waffen ein, denn sie ergab sich auf einige Beschickungen und Briefe, die zwischen dem König und den Einwohnern der Stadt hin und hergingen, sogleich freiwillig, ohne dass sich die Garnison der Stadt auch nur verteidigen durfte.

Am 24. April hielt Se. Majestät einen öffentlichen Einzug in die Stadt, nahm die Glückwünsche der

Einwohner entgegen und brach unmittelbar darauf nach Ingolstadt auf, welches mit Recht unter die festesten Plätze Bayerns gezählt wird.

Die Stadt selbst hatte eine ziemlich starke Besatzung, und unter den Wällen derselben auf der andern Seite des Flusses hatte sich der Herzog von Bayern mit seiner Macht verschanzt. Der König, der bekanntlich keine langen Belagerungen liebte, hatte die Stadt in Augenschein genommen und brachte seine Armee einen Büchsenschuss weit vor dieselbe. Hier hielt er mit seinen Generalen Kriegsrat, und da er glaubte, dass ihn die Stadt mehr kosten würde als sie wert war, gab er die Belagerung auf.

Als der König einmal um die Stadt ritt, wurde sein Pferd von den Festungswerken aus von einer Kanonenkugel getroffen, sodass der König und sein Pferd übereinander stürzten und jedermann glaubte, der König sei getötet worden, doch glücklicherweise hatte er nicht einmal eine Wunde bekommen. Dieser Vorfall trug sich, soviel wir erfahren konnten, in demselben Augenblicke zu, als General Tilly an der Wunde starb, die er am Lech erhalten hatte.

Ich selbst war um diese Zeit nicht im Lager, denn der König hatte den größten Teil sowohl seiner schweren als leichten Kavallerie unter Gustav Horn abgeschickt, sich dem Lager des Herzogs von Bayern entgegenzustellen und nachher das Land zu plündern. Dies versetzte die Soldaten in eine außerordentliche Freude, denn es war ein sehr seltener Fall, dass ihnen diese Freiheit verstattet wurde; da es aber nun geschah, so suchten sie es sich auch so sehr wie möglich zunutze zu machen, denn Bayern war reich und hatte alles im Überfluss, weil es den ganzen Krieg hindurch noch keinen Feind gesehen hatte.

Das Heer hatte zwar die Belagerung von Ingolstadt aufgegeben, unterließ aber nichtsdestoweniger im übrigen Bayernlande Eroberungen zu machen, Sir John Hepburn mit drei Brigaden Infanterie und Gustav Horn mit 3000 schwerer und leichter Kavallerie marschierten vor Landshut und nahmen es an demselben Tag ein. Die Garnison bestand nur aus Reiterei und lieferte uns, da wir anrückten, verschiedene Scharmützel, wobei ich selbst zwei von meinen Leuten verlor.

Der General erhielt eine sehr große Summe Geldes von der Stadt, außerdem auch die Offiziere sehr ansehnliche Geschenke. Von da ging der König vor München, der Residenz des Herzogs von Bayern. Viele der vornehmsten Offiziere wünschten den herzoglichen Palast plündern zu dürfen, doch der König war zu edel gesinnt dazu, die Stadt zahlte ihm 400 000 Taler und außerdem bemächtigte man sich nur der Magazine des Herzogs, in welchen man 140 Kanonen und für 2000 Mann Ober- und Untergewehr fand.

Die große Kunstsammlung des Herzogs wurde auf besonderen Befehl des Königs mit sehr vieler Sorgfalt erhalten. Ich wünschte mich hier einige Tage aufhalten zu können, um eine genauere Kenntnis von dieser vortrefflichen Kunstsammlung zu erhalten, ich wurde aber zu bald an andere Plätze kommandiert, als dass mir dazu genug Zeit geblieben wäre, und das Schicksal des Krieges verschaffte mir nie wieder Gelegenheit sie noch einmal zu Gesicht zu bekommen.

Die Kaiserlichen hatten unter Osta Biberach belagert, eine kaiserliche Stadt, dessen Einwohner aber unter schwedischem Schutze standen. Sie hatten sich bisher so gut wie möglich verteidigt, obschon die Stadt nur sehr mittelmäßig befestigt war, fingen aber nunmehr an in größere Gefahr zu kommen und schickten deshalb verschiedene Botschaften an den König, dass er ihnen Hilfe bringe.

Der König schickte sofort ein starkes Korps Reiterei und Fußvolk, um Biberach zu entsetzen, und wollte es in eigener Person befehligen. Ich befand mich mit unter der Reiterei, aber die Kaiserlichen ersparten uns alle Mühe, denn die Nachricht von der Ankunft des Königs hatte Osta so erschreckt, dass er in der größten Eile Biberach verließ und nicht eher hinter sich zurückzublicken wagte, bis er über dem Bodensee an den Grenzen der Schweiz war.

Als wir von diesem Streifzuge zurückkamen, erhielt Gustav Adolf die erste Nachricht von Wallensteins Annäherung, welcher nach dem Tode des Grafen Tilly zum Oberbefehlshaber der kaiserlichen Truppen ernannt worden war. Er hatte wie ein Tyrann in Böhmen gehaust und rückte nun an der Spitze von 60 000 Mann heran, um den Herzog von Bayern zu unterstützen.

Um in einer Lage zu sein, diesen großen Heerführer mit Vorteil die Spitze bieten zu können, entschloss sich der König, Bayern zu verlassen und ihn an den Grenzen von Franken zu erwarten, und da er wohl wusste, dass die Nürnberger wegen ihrer Neigung zu ihm, Wallensteins erstes Opfer sein würden, so nahm er sich vor, ihre Stadt gegen jenen zu verteidigen, es möchte kosten, was es wollte.

Dessen ungeachtet ließ er Bayern nicht ohne alle Bedeckung: auf der einen Seite hielt der General Banner mit einem Heere von 10 000 Mann in der Gegend von Augsburg, und der Herzog von Sachsen-Weimar mit einem andern ebenso ansehnlichen Heere in der Gegend von Ulm und Memmingen, mit dem Befehl ihren Marsch so einzurichten, dass sie, sobald der König sie nötig haben würde, in wenig Tagen zu ihm stoßen könnten.

Mitte Juni schlugen wir unser Lager in der Gegend von Nürnberg auf. Durch den Abgang so vieler zurückgelassener Abteilungen belief sich unser ganzes Heer nicht auf mehr als 10 000 Mann. Das vereinigte kaiserliche und bayerische Heer war nicht so zahlreich, wie sie das Gerücht angab, belief sich aber dennoch auf nahezu 60 000 Mann.

Der König war also nicht stark genug – wie er sich auszudrücken pflegte – sich freiwillig in einen Kampf einzulassen, allein dessen ungeachtet stark genug, um nicht dazu gezwungen werden zu müssen. Er schlug sein Lager unter den Kanonen von Nürnberg auf, sodass man ihn erst in seinem Lager angreifen musste, ehe man die Stadt belagern konnte, und sein Lager hatte er auf eine so furchtbare Weise verschanzt, dass es sich Wallenstein niemals in den Sinn kommen lassen durfte, ihn darin anzugreifen. Am 30. Juni bekamen wir Wallensteins Truppen zum ersten Male zu Gesicht, und am 5. Juli schlugen sie nicht weit von uns ein Lager auf. Sie postierten sich so, dass sie nicht nur an der bayerischen Seite, sondern auch zwischen den König und dessen Freunde in Schwaben und Franken zu stehen kamen, um, wie sie gewiss hofften, den schwedischen Proviant abzufangen und den König durch Hunger aus seinem Lager herauszutreiben.

So standen sie nun hier einander gegenüber, jeder in seinem Lager, um gleichsam einen Versuch zu machen, wer sich am längsten würde halten können, der König war stark an Pferden, denn wir hatten volle 8000 schwere und leichte Kavallerie, und dies gab uns in den verschiedenen Scharmützeln, die zwischen uns und dem Feinde vorfielen, einen großen Vorteil.

Der Feind hatte von der ganzen Gegend Besitz genommen und alle nur mögliche Sorgfalt aufgewendet, sich mit allem Proviant zu versehen; er hatte seine Wachen in so vortrefflicher Ordnung aufgestellt, um die mitgegebenen Bedeckungen zu sichern, dass die Proviantwagen von Staffel zu Staffel so ruhig wie im Frieden gelangen konnten, und die Bedeckung selbst alle fünf Meilen von einem andern Trupp abgelöst wurde, von denen überall welche auf der Straße postiert wurden.

Der kaiserliche Feldherr hatte also vor unsern Augen sein Lager aufgeschlagen, und er erwartete wegen seines ansehnlichen Kriegsheeres nichts gewisser, als dass er den König zwingen könnte, sich entweder mit augenscheinlichem Nachteil in ein Gefecht einzulassen oder aus Mangel an Lebensmitteln abzuziehen und ihm Nürnberg als Beute zu lassen, denn er hatte dieser Stadt den Untergang geschworen und wollte es durchaus zu einem zweiten Magdeburg machen.

Gustav Adolf aber, der nicht leicht zu hintergehen war, hatte schon früh alle Anschläge Wallensteins vereitelt, er hatte den Einwohnern von Nürnberg sein Ehrenwort gegeben sie nicht zu verlassen, jene dagegen hatten es unternommen seine Armee mit Proviant zu versorgen und ihn vor Mangel an Lebensmitteln zu sichern. Sie taten es auch mit großer Sorgfalt, sodass der König nicht nötig hatte, seine Truppen irgendeiner Gefahr oder welchen Strapazen wegen Bedeckung oder Verproviantierung auszusetzen.

Nürnberg ist eine sehr reiche und volkreiche Stadt, und die Gefahr, in welcher sie sich befand, ging Gustav so nahe, dass er ihr sein Ehrenwort gab, sie zu verteidigen, und da die Einwohner durch die Drohungen der Kaiserlichen in die größte Furcht gesetzt worden waren und Deputierte an den König schickten, dass er sich ihrer annehmen möchte, ließ er ihnen antworten, dass er sich zugleich mit ihnen belagern lassen wollte. Sie hatten aber auch auf ihrer Seite die Magazine mit Proviant aller Art sowohl für Menschen als für Pferde so sehr gefüllt, dass sie gewiss nicht den geringsten Mangel verspürt haben würden, wenn auch Wallenstein noch sechs Monate länger davor gelegen hätten. Jedes Bürgerhaus war ein Magazin, das Lager war mit Vorräten im Überfluss versehen, der Markt war stets voll, und alles ebenso wohlfeil wie in Friedenszeiten. Der Magistrat bewies sich dabei so sorgsam und beobachtete eine so vortreffliche Ordnung beim Herbeischaffen aller Art von Proviant, dass eine Teuerung eine fast unmögliche Sache zu sein schien, denn die Preise wurden jeden Tag auf dem Rathause bestimmt, und wenn es sich jemand einfallen ließ mehr als den festgesetzten Preis für sein Korn zu verlangen, so konnte er gewiss darauf rechnen, dass er nichts verkaufte, weil man es in den Vorratshäusern der Stadt wohlfeiler haben konnte.

Wie sehr verschieden war also das Verhalten Magdeburgs von dem Verhalten Nürnbergs. Die Stadt Magdeburg wurde vom König gebeten Gelder aufzunehmen, sich mit den nötigen Lebensmitteln zu versorgen und zu ihrer Sicherheit eine genügende Besatzung einzunehmen, welche sie verteidigen könnte, aber sie machte lauter Schwierigkeiten, sowohl selbst Volk anzuwerben als die schwedischen Truppen einzunehmen, aus Furcht, sie müsste sie alsdann unterhalten, und dies war die Hauptursache ihres Unterganges.

Die Stadt Nürnberg dagegen öffnete ihre Arme, um den ihr von den Schweden angebotenen Beistand anzunehmen, und ihre Börsen, um ihre Stadt und das Allgemeinwohl zu verteidigen, und diesem Verhalten allein hatte sie ihre Errettung zu verdanken. Die reichen Bürger und Magistratspersonen hielten offenes Haus, und die Offiziere des schwedischen Heeres waren stets willkommen, bei alledem nahm sich der Rat der Stadt der Armen an, sodass man in der ganzen Stadt keine Klage hörte, auch nichts von einer Unruhe oder Unordnung gewahr wurde.

Es ist wahr, es kostete der Stadt eine außerordentlich große Summe Geldes, aber ich habe auch nie in meinem Leben eine öffentliche Sammlung mit mehr Bereitwilligkeit entrichten und mit mehr Klugheit und Liebe zum gemeinen Wohl verwenden sehen. Die Stadt hatte außer ihren Einwohnern, die Armen mit eingerechnet, täglich 50 000 Mann zu unterhalten; trotz dessen bekam der König, als er schon drei Monate vor derselben gestanden hatte, aber es für gut fand, noch länger mit seiner Armee in dieser Gegend stehen zu bleiben, und den Burggrafen fragte, ob es auch die Magazine aushalten würden, die Antwort, sie wünschten, dass Se. Majestät die Sache ihretwegen nicht zu sehr beschleunigte, denn sie wären imstande, Se. Majestät nebst dem ganzen Heere und sich selbst noch ein ganzes Jahr zu unterhalten, wenn es nötig sein würde.

Dieser Überfluss an allen Lebensmitteln erhielt die Stadt und die schwedische Armee sowohl bei guter Gesundheit als auch bei gutem Mute, und wir hatten außer mit den Festungswerken nichts zu tun, als mit dem Feinde Scharmützel anzufangen.

Die Art und Weise aber, wie sich der König verschanzt hatte, verdient eine besondere Aufmerksamkeit. Er war ein vollkommener Feldmesser und in der Befestigung ein so vollkommener Meister, dass ihn niemand darin übertreffen konnte. Er hatte seine Armee in die Vorstädte im ganzen Umkreis der Stadt gelegt, sodass er die ganze Stadt mit seinem Heere gleichsam umzingelte, seine Werke waren geräumig, der Graben tief und mit unzähligen Bastionen, Ravelins, Hornwerken, Forts, Redouten, Batterien und Palisaden versehen, woran 8000 Mann unaufhörlich volle vierzehn Tage hatten arbeiten müssen.

Außerdem ließ noch der König jeden Tag etwas Neues dazu tun, und die Beschaffenheit des Lagers an und für sich selbst war schon hinreichend genug, auch ein noch zahlreicheres Heer als das Wallensteins zu überzeugen, dass Gustav Adolf nicht in seinen Festungswerken angegriffen werden konnte.

Zwar war die Erhaltung der Stadt Nürnberg unstreitig die Hauptabsicht des Königs, doch ist es nicht zu leugnen, dass er auch noch etwas anderes dadurch zu bewirken suchte. Er hatte auswärts an drei verschiedenen Orten noch tätige Armeen stehen: Gustav Horn war an der Mosel, der Kanzler Oxenstiern in der Gegend von Mainz und am Rhein, der Herzog Wilhelm und der Herzog Bernhard zugleich mit dem General Banner in Bayern, und ungeachtet der König beschlossen hatte, dass sie alle zu ihm stoßen sollten, und ungeachtet er ihnen auch schon die nötigen Maßregeln dazu vorgeschrieben hatte, so wollte er doch nicht, dass sie sich damit beeilen möchten, weil er wusste, dass sie ohne großen Widerstand ihm alle die Gegenden unterwerfen könnten, wie sie vor der Hand standen, weil er den vornehmsten Teil des feindlichen Heeres um Nürnberg herum aufhielt, indem er ihnen immer etwas durch Scharmützel, Ausfälle und dergleichen zu tun gab.

Dies war die Ursache, warum er sich länger im Lager bei Nürnberg aufhielt, als er sonst getan haben würde; und da er an Kavallerie dem Feinde überlegen war, so schickte er sehr oft starke Abteilungen aus, welche die Kaiserlichen in Alarm setzen mussten, damit sie nicht imstande sein möchten, irgendwelche beträchtliche Abteilungen abzuschicken, um dadurch ihre andern Truppen zu verstärken. Und auch hierdurch zeigte er sich als Meister in der Kriegskunst, denn auf diese Weise gingen seine Eroberungen an andern Orten ebenso glücklich fort, wie wenn er selbst dabei zugegen gewesen wäre.

Unterdessen war es nicht zu erwarten, dass zwei solche Heere, welche einander so nahe standen, es nicht zu Tätlichkeiten kommen lassen sollten. Das kaiserliche Heer, welches überlegen im freien Felde war, verwüstete die Gegend von Nürnberg auf zwanzig englische Meilen weit in der Runde. Was die Einwohner wegbringen konnten, das hatten sie schon vorher in so viele feste Städte in Sicherheit gebracht, als sie nur Besatzung hatten, um sie verteidigen zu können, was sie aber zurücklassen mussten, das wurde von den hungrigen Kroaten verschlungen oder verbrannt. Es konnte nicht fehlen, dass sie nicht bisweilen bei solchen Vorfällen mit unsern Leuten ins Handgemenge kamen, welche es ihnen aber tüchtig heimzahlten. Kleine Scharmützel fielen oft zwischen ihren Trupps und den unsrigen vor, wo der Vorteil, wie es in diesen Fällen zu sein pflegt, bald auf dieser, bald auf jener Seite war, doch habe ich die Bemerkung gemacht, dass niemals eine Abteilung, welche auf besonderen Befehl des Königs ausgeschickt wurde, ohne Sieg zurückkehrte. Der erste beträchtliche Angriff wurde, wenn ich nicht irre, gegen eine Bedeckung unternommen, welche Munition transportierte, die ausgesandte Abteilung wurde von einem sächsischen Oberst befehligt und bestand aus 1000 Kürassieren und 500 Dragonern. Sie verbrannten

600 Wagen, welche mit Kriegsvorrat und Proviant beladen waren, und erbeuteten außerdem noch 2000 Musketen.

Ende Juli erhielt der König die Nachricht, dass die Kaiserlichen in Freystadt, einer kleinen Stadt, ungefähr 20 englische Meilen von Nürnberg, ein Proviantmagazin angelegt hätten. Dahin wurde die Beute, die man machte, sowie alle Kontributionen aus der Oberpfalz und den umliegenden Gegenden vor der Hand in Sicherheit gebracht, und eine Garnison von 600 Mann hineingelegt, um es zu verteidigen. War ein großer Vorrat von solchen Lebensmitteln zusammen, so wurden einige Abteilungen abgeschickt, um es abzuholen und zum Lager zu bringen.

Der König hatte den Entschluss gefasst, dieses Magazin entweder wegzunehmen oder doch wenigstens zu vernichten. Er ließ den schwedischen Obersten Dubalt, einen Mann von außerordentlicher Klugheit, zu sich rufen, entdeckte ihm seinen Plan, sagte ihm, dass er der Mann wäre, von welchem er die Ausführung desselben erwartete, und befahl ihm deshalb Leute mit sich zu nehmen, soviel als er zu dieser Unternehmung für nötig erachte.

Der Oberst, dem die Stadt und deren Umgebung sehr bekannt war, versprach Sr. Majestät einen Angriff zu wagen, bat sich aber Musketiere dazu aus.

Das nicht, lieber Oberst, sagte der König, nehmen Sie lieber ein Korps Dragoner mit, ich glaube, dass Sie diese vorteilhafter werden gebrauchen können. Und sogleich schickte der König nach mir.

Ich wollte eben zu Sr. Majestät und stieg schon die Treppe hinauf, als mir der Adjutant des Königs entgegenkam und mir sagte, dass mich der König zu sprechen verlange.

Es wartet ein heißes Stück Arbeit auf Sie, Sir, rief mir der König entgegen, als ich in sein Zimmer trat, Dubalt wird Ihnen mehr davon sagen, gehen Sie, beratschlagen Sie sich miteinander, wie Sie es auszuführen gedenken.

Wir traten sogleich ab, und der Oberst erzählte mir die ganze Unterredung, die er mit dem König gehabt hätte. Unter diesen Umständen, erwiderte ich, glaube ich doch, dass uns Reiter die besten Dienste tun werden, und so wurden wir einig, 1600 Kürassiere und 400 Dragoner mit uns zu nehmen.

Der König, welcher gern seinen Plan je eher je lieber ausgeführt wissen wollte, kam bald darauf in unser Zimmer, um zu erfahren, welchen Entschluss wir gefasst hätten. Er billigte unsere Maßnahmen und gab uns Befehl sie unverzüglich auszuführen. Er wandte sich darauf zu mir und sagte: Ritter, Sie befehligen die Dragoner, aber Dubalt muss bei dieser Unternehmung General sein, denn die Gegend ist ihm besser bekannt als Ihnen.

Ich werde Ew. Majestät stets auf jedem Posten dienen, antwortete ich, den Eure Majestät mir anzuweisen die Gnade haben werden. – Der König wünschte uns viel Glück, und wir mussten auf seinen Befehl eilen, dass wir noch an demselben Nachmittag fortkamen, um den Platz so bald wie möglich in unsere Gewalt zu bekommen.

Wir konnten wegen des Fuhrwerks, das wir bei uns hatten, nur sehr langsam vorwärtskommen, und langten erst ungefähr um ein Uhr nach Mitternacht in Freystadt an, ohne nur im geringsten entdeckt zu werden. Die Wachen waren so sorglos und nachlässig, dass wir schon bis ans Tor gekommen waren, ehe sie nur etwas von uns wussten, und einen Sergeanten mit zwölf Dragonern, auf welche die Vorposten stießen, hieben sie ohne das geringste Geräusch nieder.

Man legte sogleich Leitern an den Halbmond, welcher das Tor deckte, die Dragoner kletterten hinauf, hieben ungefähr 28 Mann in Stücke, die sich darin befanden, und waren in einem Augenblicke im Besitze des Ravelin. Sie sprengten hierauf sogleich das Tor auf, und ich drang an der Spitze von 200 Dragonern hinein und bemächtigte mich der Zugbrücke. Nun geriet die Stadt in Aufruhr, und man fing an, die Alarmtrommel zu schlagen, aber zu spät, denn mithilfe eines Mauerbrechers hatten wir das Tor erbrochen und waren schon in die Stadt eingedrungen.

Die Garnison wehrte sich eine halbe Stunde lang sehr hartnäckig, unsere Dragoner aber waren schon alle darinnen, und drei Trupps abgesessener Kürassiere kamen noch nach, uns mit ihren Karabinern beizustehen, sodass wir um drei Uhr Herren der Stadt waren. Wir stellten sogleich allenthalben Wachen aus, damit nicht irgendeiner entrinnen und dem Feinde von unserm Streifzuge Nachricht geben könnte.

Ungefähr 200 Mann von der Besatzung wurden niedergehauen und die übrigen zu Gefangenen gemacht. Der Stadt hatten wir uns also versichert, die Tore wurden geöffnet und der Oberst Dubalt rückte nun mit der übrigen schweren Kavallerie ein.

Nachdem wir die nötigen Wachen ausgestellt hatten, machten wir uns an das Magazin, wo wir einen unbeschreiblichen Vorrat an Proviant aller Art fanden: 150 Tonnen Brot, 8000 Scheffel Mehl, 4000 Scheffel Hafer und alles Übrige im Verhältnis ebenso im Überfluss.

Wir trafen sogleich Anstalten, soviel als möglich war, auf die Proviantwagen und die andern Fuhrwerke, die wir fanden, aufzuladen, um es mit uns fortzubringen, alles Übrige, was wir nicht aufladen konnten, steckten wir nebst der ganzen Stadt in Brand und blieben noch so lange da, bis keine Möglichkeit war, dass das Feuer gelöscht werden könnte. Alsdann zogen wir mit 800 Wagen davon, die wir auf dem Platze fanden, und von welchen die meisten mit Brot, Mehl und Hafer beladen waren.

Während der Zeit hatten wir eine Abteilung Dragoner heraus auf die Felder geschickt, welche alsdann, wenn wir herauskamen, wieder zu uns stießen und außer einer sehr großen Menge Schafe noch 1000 Stück Hornvieh mitbrachten.

Unsere größte Sorge war, diese reiche Beute glücklich ins Lager zu bringen, ohne mit dem Feinde handgemein zu werden. Um also unsern Rückzug zu sichern, schickte der Oberst Dubalt unverzüglich einen Eilboten an den König ab, um ihm unsern glücklichen Streifzug zu melden, und eine Abteilung zu verlangen, das unsern Rückmarsch so gut wie möglich decken könnte, da wir eine ansehnliche Beute mit uns führten.

Und in der Tat hatte der Oberst sehr recht daran getan, denn ungeachtet wir alle mögliche Sorgfalt und Vorsicht angewendet hatten, damit der Feind nichts davon erführe, so musste doch einer entkommen sein, und den Kaiserlichen die Nachricht davon überbracht haben, denn Wallenstein hatte den Generalmajor Sparr mit 6000 Mann geschickt, um uns den Rückzug abzuschneiden.

Der König, welcher Nachricht davon bekommen hatte, zog in eigener Person mit 3000 Mann aus, dem General Sparr aufzulauern, und glücklicherweise traf er ihn gerade, als sein Korps zerstreut war; er griff ihn an, zersprengte einen Teil desselben und den Rest in wenig Stunden darauf, sodass 1000 Mann auf dem

Platze blieben und der General Sparr selbst gefangen genommen wurde.

Währenddessen waren wir glücklich mit unserer Beute im Lager angekommen, die so beträchtlich war, dass unser ganzes Lager auf einen Monat davon unterhalten werden konnte. So schmausten wir auf des Feindes Kosten und teilten ihm noch obendrein Schläge aus.

Das lebende Hornvieh schenkte der König den Nürnbergern, welche zwar alle Lebensmittel im Überfluss hatten, die man gewöhnlich in Fässer schlägt, um sie aufzubewahren, mit frischem Fleisch aber nicht so reichlich versehen waren.

Nach diesem Streifzuge machten wir mehrere Ausfälle auf die umliegenden Gegenden und holten uns täglich frischen Proviant und Fourage ins Lager.

Die beiden Heere hatten sich nun schon eine lange Zeit gegenübergestanden und sich durch tägliche Scharmützel geschwächt. Der König fing an darüber ungeduldig zu werden und beorderte deshalb seine auswärtigen Generale, so bald als möglich mit ihren Heeren zu ihm zu stoßen, worin sie auch nicht säumten, denn sie hatten alle aus den verschiedenen Gegenden ihre Truppen zusammengezogen und sich unter dem Kanzler Oxenstiern vereinigt, und am 15. August erhielten wir die Nachricht, dass sie im Anmarsch wären, um zu uns zu stoßen. Sie langten kurze Zeit darauf in Bruck, einer kleinen Stadt in Franken an, wohin der König aus dem Lager mit einer Bedeckung von 1000 Pferden abging, um Truppenschau zu halten.

Ich befand mich stets bei der Kavallerie, und am 21. August sah ich den König über alle Mannschaften Besichtigung halten, welche aus 30 000 Mann alter abgehärteter Soldaten bestanden, die außerordentlich gut ausgerüstet waren und überdies noch von den erfahrensten und größten Feldherrn befehligt wurden. Darunter befand sich zum Beispiel der reiche schwedische Kanzler Oxenstiern, welcher in der Würde eines Generals kommandierte, ferner Gustav Horn und Johann Banner, beide Schweden und alte Generale, der Herzog Wilhelm und der Herzog Bernhard von Weimar, der Landgraf von Hessen-Kassel, der Pfalzgraf von Birkenfeld und eine Menge anderer Fürsten und Herren des Reiches.

Als die Heeresgruppen sich jetzt miteinander vereinigt hatten, so konnte es nun Gustav Adolf mit Wallenstein aufnehmen, er verließ also sein Lager und stellte sich gerade vor die kaiserlichen Befestigungen, aber die Szene hatte sich verändert. Wallenstein war nun nicht mehr imstande, sich mutwillig in ein Gefecht einzulassen, wie es der König vorher gewesen war, er hielt sich hinter seinen Laufgräben und blieb in seinen Verschanzungen. Der König rückte also dicht an die kaiserlichen Werke heran, pflanzte Batterien auf und beschoss Wallenstein in seinem eigenen Lager.

Als die Kaiserlichen sahen, dass ihnen der König so heftig zusetzte, zogen sie sich ungefähr drei englische Meilen in eine waldige Gegend zurück und besetzten ein altes verfallenes Schloss, hinter welchem sie ihre Armee aufstellten.

Sie befestigten dieses alte Schloss in der Geschwindigkeit so gut wie möglich und legten eine ziemlich starke Besatzung hinein. Der König hatte den Platz besehen, und obwohl es ein sehr fester Platz war, so beschloss er doch ihn mit dem ganzen rechten Flügel anzugreifen. Der Angriff selbst wurde mit sehr großer Ordnung und mit ebenso viel Entschlossenheit unternommen, die erste Abteilung führte der König selbst, den Degen in der Hand, an, und das Gefecht wurde auf beiden Seiten mit der größten Hartnäckigkeit den ganzen Tag bis tief in die Nacht hinein fortgesetzt, und das Donnern der Kanonen und Schießen aus den Musketen hörte erst am andern Morgen auf. Die Kaiserlichen behaupteten die Stellung, da sie den Vorteil des Hügels, ihrer Werke und Batterien hatten, und außerdem unaufhörlich durch frische Leute unterstützt wurden, während die Schweden ganz ohne Kanonen und Werke waren. Der König sah ein, dass ihm der Platz zu viel Blut kosten würde und zog am frühen Morgen wieder ab.

Dies war die berühmte Schlacht bei Altenberg, wo die Kaiserlichen sich brüsteten, der Welt gezeigt zu haben, dass die Schweden nicht unüberwindlich wären, und nannten daher diesen Vorfall den Sieg bei Altenberg. Es ist wahr, der König irrte sich hier in seinem Versuche ihre Werke zu erobern, doch war deswegen kein Sieg darin zu suchen, dass der kaiserliche General es für dienlich hielt, es nicht zu einem zweiten Angriff kommen zu lassen, sondern, so schnell er konnte, sein Heer in ein sicheres Lager zurückzog.

Ich selbst hatte an diesem Treffen keinen Anteil, aber mein Gefährte Fielding, der sich immer noch unter den schottischen Freiwilligen befand, wurde verwundet und vom Feinde gefangen genommen. Er wurde aber sehr gut behandelt, und da Gustav Adolf und Wallenstein in Höflichkeitsbezeugungen miteinander gleichsam wetteifern wollten, so ließ der König den Generalmajor Sparr wieder frei und der kaiserliche General sandte dafür den schwedischen Obersten Torstenson und 16 Freiwillige ins königliche Lager zurück, welche sich in der Hitze des letzten Gefechts zu weit vorgewagt hatten, sodass sie gefangen genommen wurden, und unter diesen befand sich auch mein Freund Fielding.

Der König stand ganze vierzehn Tage den Kaiserlichen gegenüber und bediente sich aller nur erdenklichen Kriegslist, Wallenstein zu einer Schlacht zu bewegen, ohne dass es ihm gelingen wollte. Während dieser Zeit wurden auf unserer Seite unaufhörlich Trupps ausgeschickt, welche dem Feinde öfters Scharmützel lieferten.

Einst hatte ich in einem Abenteuer dieser Art das Kommando über einen solchen Trupp, wobei ich weder Beute machte noch mir Ehre erwarb. Der König hatte Nachricht erhalten, dass ein Proviantransport aus der Oberpfalz im feindlichen Lager eintreffen sollte, und es war ihm daran gelegen, ihn abzufangen. Er beorderte mich daher, mit 1200 Kürassieren und 800 Dragonern dem Feind aufzulauern. Ich hatte sehr genaue Nachricht von dem Wege eingezogen, den die Feinde nehmen mussten, und stellte meine Kürassiere in einem Dorfe in einer kleinen Entfernung von der Landstraße auf, mit meinen Dragonern aber warf ich mich in einen Wald, bei welchem sie bei Tagesanbruch vorbeikommen mussten.

Der Feind kam glücklich mit seinem Transport an, da er aber außerordentlich vorsichtig war, so entdeckten uns ihre Vorposten und gaben auf die Schildwache Feuer, welche ich unter einem Baum, beim Eingange in den Wald postiert hatte. Als ich gewahr wurde, dass ich entdeckt worden war, wollte ich mich in das Dorf zurückziehen, wo ich meine schwere Kavallerie hingelegt hatte, aber in einem Augenblick war der Wald von feindlicher Reiterei umgeben und 1000 Musketiere rückten an, um mich herauszuschlagen.

In dieser Verlegenheit sandte ich eiligst drei Boten

nacheinander nach der Kavallerie ab, welche zwei englische Meilen von mir entfernt in dem Dorfe lag und jetzt anrücken und mich unterstützen sollte. Aber alle drei Boten fielen dem Feinde in die Hände. 400 Männer Dragoner zu Fuß, welche ich in einer kleinen Entfernung von mir postiert hatte, hielten sich außerordentlich tapfer und schlugen zwei Angriffe des feindlichen Fußvolks mit einigem Verlust auf beiden Seiten zurück, während 200 andere von meinen Leuten nach links durch eine Abteilung feindlicher Reiterei durchbrachen, welche außerhalb des Waldes postiert war und uns erwartete.

Ich gestehe, ich geriet darüber in die größte Bestürzung, da ich glaubte, dass diese Leute entflohen oder gar zum Feinde übergegangen wären, und meinen übrigen Dragonern sank darüber so sehr der Mut, dass sie schon im Ernst anfingen sich umzusehen, auf welchem Wege sie am sichersten würden entfliehen können und eben auf dem Punkte waren abzudanken und für sich selbst zu sorgen, als einer von meinen Hauptleuten mir laut zurief, ich solle das Signal zur Übergabe blasen und mich in Unterhandlungen einlassen. Ich gab keine Antwort, wie wenn ich ihn nicht gehört hätte, und ließ augenblicklich alle Hauptleute zusammenkommen. Die Beratschlagung war kurz, denn die Musketiere rückten zu einem dritten Angriff heran und zwar in solcher Anzahl, dass es nicht wahrscheinlich war, dass wir Vorteil davon haben würden, wenn wir uns mit ihnen einließen.

Kurz, wir fassten den Entschluss, das Signal zur Übergabe zu blasen und um Pardon zu bitten, denn das war alles, was wir erwarten konnten, aber auf einmal kam die Abteilung Kürassiere, die im nächsten Dorfe lagen und den Lärm gehört hatten, herangesprengt, um mich, wenn es möglich wäre, zu unterstützen. Sie hatten die 200 Dragoner angetroffen, von denen ich glaubte, dass sie entflohen wären, und diese hatten sie gerade an den Ort geführt, wo sie selbst durchgebrochen waren. Hier fielen sie alle zugleich die feindliche Reiterei an, welche auf dieser Seite postiert war, überwältigten sie, ehe sie Hilfe erhalten konnten, hieben sie alle nieder und befreiten mich.

Unter dem Schutze dieser Abteilung nahmen wir unsern Rückzug noch glücklich ins Dorf, doch hatten wir über 300 Mann verloren und waren froh, dass wir noch so aus dem Dorfe kamen, denn der Feind war uns an Anzahl der Truppen weit überlegen.

Wir nahmen von da unsern Rückzug ins Lager und trafen unterwegs 200 Kroaten an, welche furagieren und plündern gewesen waren, wir wollten uns gleichsam an ihnen für unsern vorigen Verlust schadlos halten und gaben ihnen daher keinen Pardon. Aber wir waren kaum mit den Kroaten fertig, als wir wieder auf 3000 kaiserliche Pferde stießen, welche abgesandt waren, den schon erwähnten Proviantransport zu erwarten und sicher ins Lager zu bringen.

Obwohl ich alles tat, was in meinen Kräften stand, so konnte ich doch auf keine Weise meine Leute überreden gegen diese Abteilung standzuhalten, sodass ich, da ich voraussah, dass sie alle in der größten Verwirrung davonsprengen würden, endlich selbst darein willigte, uns davonzumachen. Wir schwenkten rechts über eine große Ebene hin, anfänglich in vollem Trab, aber bald machte die Furcht, welche sich auf der Flucht mit jedem Schritte zu vermehren pflegt, einen Galopp daraus, und ebenso folgten uns die Feinde auf den Fersen nach.

Ich muss gestehen, dass ich noch nie in meinem

Leben eine solche Kränkung empfunden hatte; ich konnte es auf keine Art dahin bringen, dass meine Leute sich umwendeten und standhielten. Wir sprengten so rasch davon, wie es nur in unsern Kräften stand, sodass wir sehr viele auf dem Wege zurückließen, welche entweder verwundet waren, oder nicht mit uns Schritt halten konnten.

Als wir endlich über die Ebene hinweg waren, welche nahe an zwei englische Meilen betragen mochte, kamen wir an einen engen Pass. Einer von unsern Hauptleuten, ein Sachse, stieg an dem Eingange desselben vom Pferde, sah mit einer heldenmütigen Miene um sich, schoss sein eigenes Pferd tot und befahl seinen Leuten neben ihm stehen zu bleiben und den Pass zu verteidigen. Einige von ihnen hielten wirklich stand, wozu sich auch andere durch das Beispiel ermuntern ließen, sodass wir ungefähr 600 Mann zusammenbrachten, welche wir so gut postierten, als es nur angehen wollte; aber der Feind drang mit der größten Wut auf uns ein.

Der sächsische Hauptmann wurde, nachdem er sich mit der bewunderungswürdigsten Tapferkeit verteidigt und den angebotenen Pardon ausgeschlagen hatte, auf derselben Stelle niedergehauen; mir aber gab ein deutscher Dragoner mit seinem Flintenkolben einen Schlag über den Kopf, und wollte ihn gerade wiederholen, als ihn einer von meinen Leuten erschoss, doch war ich von dem ersten Schlage schon so betäubt, dass ich ohne Bewusstsein war, und als ich mich wieder erholte, befand ich mich in den Händen zweier feindlicher Offiziere, welche mir Pardon anboten, den ich auch annahm, und die mich, um ihnen gerecht zu sein, mit der größten Freundlichkeit behandelten.

So wurde diese ganze Abteilung zersprengt und in

die Flucht geschlagen, sodass nicht über 500 Mann von demselben zum Lager zurückkamen, und auch von diesen würde nicht die Hälfte entkommen sein, hätte nicht der tapfere sächsische Hauptmann mit soviel Mut an dem Eingange des Passes dem Feinde die Stirn geboten, und ihn dadurch von dem Nachsetzen der übrigen abgehalten.

Viele andere Abteilungen von dem königlichen Heere rächten zwar unsere Niederlage und zahlten es dem Feinde ehrlich dafür zurück, aber ich erlitt einen besonderen Verlust bei dieser Geschichte, weil sie schuld war, dass ich nachher nie wieder den König von Schweden zu sehen bekam. Zwar schickte Se. Majestät gleich am Tage darauf einen Trompeter ins feindliche Lager, um uns gegen Gefangene auszuwechseln, doch da man auf der feindlichen Seite Bedenken trug, mich loszugeben, so kam ich nicht eher aus meiner Gefangenschaft los, als nach der berühmten Schlacht bei Lützen, in welcher dieser große und tapfere König sein Leben verlor.

Die Kaiserlichen brachen nicht eher als ungefähr acht oder zehn Tage nachher aus ihrem Lager auf, als sich der König in Bewegung gesetzt hatte, und ich wurde als Kriegsgefangener bei dem Heere mit fortgeführt, bis sie das Schloss Koburg zu belagern anfingen, wo ich nebst den andern Kriegsgefangenen dem Obersten Spezuter in dem kleinen Schlosse Neustadt unweit des Lagers zur Bewachung übergeben wurde.

Doch auch hier fuhr man unaufhörlich fort uns gut zu begegnen, aber wir konnten nichts von den Truppen erfahren, was sie gegeneinander unternommen hatten, bis der Herzog von Friedland, nachdem er vom Schlosse Koburg zurückgeschlagen worden war, nach Sachsen marschierte, und die

Kriegsgefangenen wieder ins Lager geschickt wurden, um, wie man sagte, ausgelöst zu werden.

Ich kam eben bei dem kaiserlichen Heere wieder an, als es Leipzig belagerte, und als drei Tage nach meiner Ankunft die Stadt übergeben wurde, erhielt ich auf mein Wort die Erlaubnis, in der Stadt in meinem alten Quartier zu wohnen.

Der König von Schweden aber war den Kaiserlichen auch hier wieder auf dem Nacken, denn da er vorhergesehen hatte, dass Wallenstein nichts Geringeres im Sinne hatte, als den Kurfürsten von Sachsen gänzlich zugrunde zu richten, so hatte er so viele Truppen zusammengezogen, als er nur von seiner zerteilten Armee aufbringen konnte, und stieß auf den kaiserlichen General, als dieser eben auf dem Marsche war, Torgau zu belagern.

Da es nicht in meiner Absicht liegt, die Geschichte irgendeines kriegerischen Vorfalls zu beschreiben, bei welchem ich nicht zugegen gewesen bin, so will ich nur nebenbei bemerken, dass Wallenstein auf die Nachricht von der Annäherung des Königs Halt machte und ebenfalls alle seine Truppen zusammenzog, denn er erwartete nichts sicherer, als dass ihn der König angreifen würde. Wir Gefangenen konnten sehr deutlich merken, dass die kaiserlichen Truppen nicht gerade mit willigen und mutigen Herzen entgegenzogen, denn der Name des Königs von Schweden war ihnen schon schrecklich geworden.

Kurz, Wallenstein zog alle Soldaten von der Leipziger Garnison, die er dort entbehren zu können vermeinte, aus Leipzig heraus und schickte eiligst nach dem General Pappenheim, welcher erst drei Tage vorher mit 6000 Mann mit einem besonderen Auftrag ausmarschiert war.

Am 16. November trafen sich die beiden Heere in

der Ebene bei Lützen, es fand eine anhaltende und sehr blutige Schlacht statt, die Kaiserlichen wurden gänzlich zerstreut und in die Flucht geschlagen, 12 000 von ihnen blieben auf dem Schlachtfelde, ihre Kanonen und ihr Tross wurden genommen, und 2000 zu Gefangenen gemacht, aber Gustav Adolf verlor gleich zu Anfang des Gefechts an der Spitze seiner Truppen sein Leben.

Es ist unmöglich, die Bestürzung zu beschreiben, in welche der Tod dieses königlichen Helden alle Fürsten Deutschlands versetzte, die Trauer darüber überschritt alles Maß menschlicher Betrübnis.

Jedermann sah sich schon für verloren, und sein Hab und Gut von den Feinden verschlungen an, die Einwohner von zwei Drittel Deutschlands legten freiwillig Trauerkleider an, und als die Geistlichen in ihren Predigten und Gebeten den Tod des Königs von Schweden erwähnten, war fast keiner, der nicht Tränen vergoss. Der Kurfürst von Sachsen war ganz untröstlich, ging viele Tage in seinem Zimmer umher, als wenn er aller seiner Sinne beraubt wäre, und rief beständig mit lauter Stimme aus: Deutschlands Retter ist nicht mehr, und die Zuflucht der misshandelten Fürsten ist dahin! – Die Seele des Krieges war nun tot, und der Kurfürst von Sachsen hoffte so wenig den Krieg überleben zu können, dass er schon mit dem Kaiser Frieden zu machen versuchte.

Drei Tage nach diesem traurigen Siege eroberten die Sachsen durch eine Kriegslist Leipzig wieder. Die Truppen des Kurfürsten von Sachsen lagen in Torgau, sie erfuhren, dass die Kaiserlichen in Leipzig über die Nachricht von der Niederlage ihrer Armee bei Lützen in die größte Bestürzung versetzt worden wären, beschlossen daraus Vorteil zu ziehen und die Stadt wieder zu erobern.

Sie schickten nach und nach 20 verschiedene Reiter an das Stadttor, welche vorgeben mussten, dass sie Kaiserliche wären, die in der Schlacht bei Lützen die Flucht hätten ergreifen müssen, und so wurden sie einer nach dem andern hineingelassen. Und so wie sie hereinkamen, blieben sie auf der Hauptwache unter dem Tore, unterhielten die Soldaten mit Erzählungen von der Schlacht selbst, auf welche Art und Weise sie davongekommen wären und von andern dergleichen Dingen mehr. Als sie endlich alle beisammen waren, fielen sie auf ein gegebenes Zeichen über die Wachen her, hieben sie nieder, öffneten unmittelbar darauf den drei Trupps sächsischer Reiterei das Tor, welche schon vor demselben darauf warteten, und so nahmen sie in einem Augenblicke die Stadt wieder ein.

Dies war für mich ein sehr angenehmes Erstaunen, denn ich sah mich nun wieder in Freiheit versetzt, da aber der König von Schweden tot war, und da ich glaubte, dass der Krieg nunmehr auf eine andere Weise geführt werden würde, so entschloss ich mich, die schwedischen Dienste zu verlassen.

Ich hatte meinen Georg, wie ich schon erwähnt habe, nach England gesandt, um mir die Truppen herüberzubringen, welche mein Vater für den König von Schweden angeworben hatte. Er hatte seinen Auftrag so gut ausgeführt, dass er wirklich mit 5 Eskadronen in Emden landete, wo sie von dem König Befehl erhalten hatten, sich mit der Armee des Herzogs von Braunschweig-Lüneburg zu vereinigen, was sie auch bei der Belagerung von Buxtehude in Niedersachsen taten. Hier wurden die meisten von ihnen durch die langen und harten Strapazen hingerafft, und obwohl sie zu verschiedenen Malen wieder Rekruten erhalten hatten, so erfuhr ich doch, dass vor der Hand noch nicht drei volle Eskadronen übrig geblieben waren.

Nach dem Tode Gustav Adolfs hatte der Herzog von Sachsen-Weimar, ein Fürst von außerordentlicher Tapferkeit, das Kommando über die schwedische Armee bekommen, in welcher Würde er eine so bewundernswerte Klugheit bewies, dass alles in solcher Ordnung vor sich ging, als man kaum nach einem so großen Verlust erwarten konnte, denn die Kaiserlichen wurden allenthalben geschlagen, und Wallenstein hat sich auch nicht eines einzigen Vorteils rühmen können, den er durch den Tod des Königs erlangt hätte.

Ich wartete dem Herzog von Braunschweig in Heilbronn auf, wohin er gegangen war, um sich mit dem Kanzler von Schweden zu besprechen. Ich bat ihn gleichzeitig, die Überbleibsel meines Regiments meinem Freunde Fielding zu schenken, was auch mit der größten Höflichkeit und Bereitwilligkeit geschah. Ich nahm hierauf Abschied von meinen Freunden und machte Anstalten zu meiner Rückreise nach England.

Ich muss noch bemerken, dass die protestantischen Fürsten des Reichs auf dieser Versammlung in Heilbronn ihr Bündnis miteinander und mit der Krone Schwedens erneuerten, auch gewisse Einrichtungen und Verträge zur Weiterführung des Krieges festsetzten, welche sie nachher unter der Leitung des schon erwähnten schwedischen Kanzlers ausführten.

Aber das war kein Werk von geringer Schwierigkeit noch von kurzer Zeit, und da ich mich nachher überreden ließ, mich noch fast volle zwei Jahre zu Frankfurt, Heilbronn und in dieser Gegend aufzuhalten, so hatte ich besonders durch die Freundschaft des vortrefflichen schwedischen Kanzlers Axel Oxenstiern, des größten Staatsmannes seiner Zeit, oft

Gelegenheit, bei Unterhandlungen von der größten Wichtigkeit zugegen zu sein und selbst dabei Aufträge zu bekommen, sodass ich Stoff genug dazu hätte, wenn ich eine Geschichte dieser Unterhandlungen schreiben wollte.

Im besondern hatte ich das Glück den Unterhandlungen wegen der Wiedereinsetzung der Nachkommen des vortrefflichen Königs von Böhmen in die Kurpfalz beizuwohnen und selbst daran zu arbeiten. König Jakob von England hatte wirklich diese ganze Familie auf eine unverantwortliche Weise vernachlässigt, und ich kann wegen der Bekanntschaft mit dieser Sache mit aller Zuversicht behaupten, dass Friedrichs Familie noch bis jetzt verlassen und ohne alle Hoffnung wäre die Kurpfalz wiederzuerhalten, wäre nicht mehr für sie getan worden, als England getan hat.

Aber Gustav Adolf, dieser glorreiche König, den ich nie erwähnen kann, ohne zugleich seiner Größe und seiner außerordentlichen Verdienste zu gedenken, hatte seinem Kanzler besondere Instruktionen hinterlassen, der Pfalz ihren rechtmäßigen Herrn wiederzugeben.

Diesen Weisungen kam der Kanzler Oxenstiern in seinen Unterhandlungen darüber als ein Mann von Ehre genau nach, denn obschon der König von Böhmen kurze Zeit vorher gestorben war, so nahm er sich doch dessen Nachkommen mit der größten Sorgfalt in den Unterhandlungen darüber an, beantwortete die Einwürfe vieler Fürsten, welche in dem gänzlichen Untergange dieser Familie Privatvorteile zu erhalten glaubten, stellte die Vergleiche nach dem Anteil der Kontributionen fest und setzte den Prinzen Karl in den völligen Besitz aller seiner Provinzen in der Unterpfalz ein, welcher auch nachher ihm und seinen Nachkommen durch den Westfälischen Frieden im Jahre 1648 bestätigt wurde, mit dem dieser dreißigjährige blutige Krieg endete.

Ich brachte noch zwei Jahre mehr im Hin- und Herwandern als mit wirklichem Reisen zu; obwohl ich nicht im Sinne hatte, wieder Dienste zu nehmen, so wurde es mir doch schwer Deutschland zu verlassen, und ich war mit den ersten Generälen in so vertraute Freundschaft getreten, dass ich sehr oft bei der Armee war und sie mir ebenso oft die Ehre erwiesen, mich mit zu ihrem Kriegsrat einzuladen.

Diese Ehre widerfuhr mir besonders in dem glänzenden Kriegsrate vor der Schlacht bei Nördlingen, zu welchem ich sowohl von dem Herzog Bernhard von Weimar als von Gustav Horn eingeladen wurde. Dies waren Generäle von gleicher Größe und von gleichen Verdiensten, und ihre Tapferkeit und Erfahrung waren schon so oft erprobt und so wohl erwiesen, dass man in Rücksicht darauf alle ihre Vorschläge gut hieß und allem, was sie sagten, allgemein mehr als gewöhnlichen Beifall gab. Der Herzog Bernhard von Weimar war zwar weit jünger und der General Horn hatte schon mehrere Jahre unter unserm großen Meister, dem König Gustav Adolf, gedient, aber es war schwer zu entscheiden, wer von ihnen ein größerer Feldherr war, da sie alle beide Erfahrung genug besaßen und unleugbare Beweise sowohl ihrer Tapferkeit als ihrer Wissenschaft in der Kriegskunst an den Tag gelegt hatten.

Ich sehe mich genötigt, in der Fortsetzung meines Berichts noch mehrere Male der vollkommenen Achtung Erwähnung zu tun, welche mir diese großen Männer bezeugten, und ich muss daher schon im Voraus den Leser bitten, mir es nicht als Eitelkeit auszulegen.

Wahr ist es, und ich zögere keinen Augenblick das Bekenntnis abzulegen, dass mir diese Ehrenbezeugungen kein geringes Vergnügen bereiteten, die ich von solchen erhabenen und ehrwürdigen Persönlichkeiten erhielt, die einen so großen Anteil an den wichtigsten Begebenheiten dieser Zeit hatten, besonders da sie mir die bequemste Gelegenheit verschafften, von jeder Begebenheit, die sich auf dem Kriegstheater ereignete, zuverlässige Nachricht einzuziehen. Denn da ich unter keinem Kommando stand, sondern nach meinem Gefallen kommen und gehen konnte, so durfte ich bei jeder schwedischen Garnison und bei jeder Abteilung, wohin ich kam, dem befehlshabenden Offizier nur meinen Namen melden lassen, und ich konnte darauf rechnen, dass er mich zu sich einladen ließ, und wenn ich zum Heere kam, genoss ich sehr oft dieselbe Ehre, welche mir jetzt in dem Kriegsrate vor der Schlacht bei Nördlingen widerfuhr.

Ich gestehe, dass ich diese besondere Achtung mehr für eine Folge der mehr als gewöhnlichen Achtung, welche mir der große König von Schweden stets erwiesen hatte, als für eine Folge meiner eigenen Verdienste ansehe; und die Ehrfurcht, welche sie alle noch für das Andenken dieses unsterblichen Helden hegten, war unstreitig die Ursache, dass sie die Merkmale und Beweise einer so großen Hochachtung für mich immer noch fortsetzten.

Doch um wieder zu dem schon erwähnten Kriegsrat vor der Schlacht bei Nördlingen zu kommen, so war die große und einzige Frage, welche wir untersuchen mussten, die: sollen wir den Kaiserlichen eine Schlacht liefern oder nicht? Gustav Horn war dagegen. Wie zu vermuten war, gab er sehr wichtige und unwiderlegbare Gründe gegen ein Treffen an: Erstens wären sie um 5000 Mann schwächer als der Feind. – Zweitens befände sich jetzt der Kardinalinfant von Spanien mit 8000 Mann bei der kaiserlichen Armee, wäre aber gleichsam nur als Durchreisender anzusehen, da er von Italien nach Flandern gekommen wäre, um die Statthalterschaft über die Niederlande zu übernehmen, und er würde gewiss in wenigen Tagen wieder abziehen, wenn er nicht durch die Aussicht zu einem baldigen Treffen zum Bleiben gezwungen würde. – Drittens könnten sie binnen Kurzem zwei Verstärkungen erhalten, eine unter dem Kommando des Obersten Cratz von 5000 Mann und eine unter dem Rheingrafen von 7000 Mann, welche gerade so nahe wären, sodass wenigstens der letztere innerhalb drei Tagen bei ihrer Armee eintreffen könnte. – Endlich hätten sie schon ihre Ehre gerettet, indem sie im Angesichte des Feindes 600 Musketiere in die Stadt Nördlingen geworfen hätten, und sich folglich die Stadt schon einige Tage länger halten könnte.

Aber ich weiß nicht, war es das Schicksal oder sonst etwas anderes, was die übrigen Generäle gegen solche gewichtigen Gründe, wie diese waren, blind machte. Der Herzog Bernhard, so wie fast alle übrigen, waren für eine Schlacht und führten als Grund an, dass es ein Schimpf für den großen Namen des schwedischen Heeres sein würde, wenn man erfahren würde, dass ihre Freunde in der Stadt vor ihren Augen niedergehauen würden.

Gustav Horn blieb steif und fest bei seiner Meinung und war dagegen, und ich erinnere mich noch mit Unwillen, wie unanständig ihn der Baron von Hofkirchen behandelte, welcher für die Sache warm geworden war und sagte: Hätte sich Gustav

Adolf durch einen so furchtsamen Kriegsrat regieren lassen, so wäre er nicht in zwei Jahren der Eroberer von halb Deutschland geworden.

Sie haben recht, Sir, erwiderte der alte General mit großer Lebhaftigkeit, er würde noch am Leben sein und mir das Zeugnis geben, dass er mich nie furchtsam gefunden hat. Und doch war der König nie für einen Sieg, bei welchem er seine Leute aufs Spiel setzen musste, wenn er ihn haben konnte, ohne dies zu tun.

Ich wurde nun auch um meine Meinung gefragt, was ich zwar abgelehnt haben würde, da ich vor der Hand nicht mehr bei dem Heere bedienstet war, da sie aber in mich drangen, so riet ich, wenigstens so lange zu warten, bis der Rheingraf angekommen wäre, und er konnte, wenn sogleich Kuriere an ihn abgesandt würden, binnen 24 Stunden bei uns eintreffen. Aber Hofkirchen konnte sich kaum halten, und wäre er nicht überstimmt worden, so hätte er sich gewiss offen mit dem Feldmarschall Horn gezankt. Endlich sagte der alte General, um ihn nicht noch mehr in Harnisch zu bringen, in einem sehr freundlichen Tone:

Kommen Sie, Hofkirchen, ich will meine Meinung sehr gern der Ihrigen und der der übrigen Generäle unterwerfen, wir wollen fechten, aber ich sage es Ihnen im Voraus, es wird ein heißer Tag für uns werden.

Es wurde also einstimmig beschlossen, die Kaiserlichen anzugreifen. Ich muss gestehen, dass mir die Beratschlagungen dieses Tages ebenso verworren erschienen wie die Entschlüsse, die man in der Nacht fasste.

Der Herzog Bernhard sollte die Vorhut des linken Flügels befehligen und auf einem Hügel Fuß fassen, der auf dem rechten Flügel des Feindes außerhalb ihrer Verschanzungen lag, sodass, wenn sie diesen Posten gesichert hätten, sie ihre Kanonen auf die Infanterie richten könnten, welche hinter den Linien stand und die Stadt unterstützte.

Demzufolge brach er also am frühesten Morgen auf, griff mit großer Wut acht Regimenter der feindlichen Infanterie an, welche am Fuße des Berges aufgestellt waren, brachte sie sogleich in Unordnung und bemächtigte sich des Platzes. Durch diesen glücklichen Vorfall übermütig gemacht, beobachtete er nicht einmal die Maßregeln, die er selbst festgesetzt hatte, nämlich hier haltzumachen und das zu behaupten zu suchen, was er gewonnen hatte, sondern rückte weiter vor, und wurde mit dem Haupttreffen der feindlichen Armee handgemein.

Währendem griff Gustav Horn einen andern Posten an einem Hügel an, wo die Spanier standen und sich hinter einige Werke gelegt hatten, die an der Seite des Hügels aufgeworfen waren. Sie verteidigten sich hier fünf Stunden lang mit so außerordentlicher Hartnäckigkeit, dass zuletzt die Schweden sich genötigt sahen, mit einigem Verlust wieder abzuziehen.

Dieser bewundernswerten Tapferkeit der Spanier hatten die Kaiserlichen ihre Rettung zu verdanken, denn der Herzog Bernhard, der sich unterdessen den heftigen Angriffen der Kaiserlichen widersetzt hatte und das Gewicht von zwei Drittel ihrer Truppen aushalten musste, war nicht mehr imstande sich länger zu halten. Er sandte Boten über Boten an Gustav Horn nach mehr Infanterie, der auch, da er seine Absicht nicht hatte durchsetzen können, sondern es aufgegeben hatte jenen Posten zu erobern, sich jetzt in völligen Marsch setzte, um den Herzog zur Hilfe zu eilen.

Aber nun war es zu spät, denn der König von Ungarn, als er gewahr wurde, dass die Truppen des Herzogs anfingen zu weichen, und als er die Nachricht von Horns Schwenkung erhalten hatte, um den Herzog zu unterstützen, griff mit aller Macht dessen Flanke an und wagte mit seinen ungarischen Husaren einen so wütenden Ausfall, dass die Schweden sich nun auf keine Weise länger halten konnten.

Die Flucht des linken Flügels war um soviel unglücklicher, da sie gerade stattfand, als Gustav Horn ankam, denn da jenen der Feind auf dem Fuße nachsetzte, so wurden sie gerade auf ihre Freunde zugetrieben, welche nicht Raum genug hatten, sich zu entfalten und ihnen einen Durchweg zu lassen, und also durch ihre eigenen fliehenden Brüder niedergetreten wurden. Dies brachte alles in die größte Verwirrung. Die Kaiserlichen schrien Viktoria, brachen mitten in unsere Infanterie ein und richteten ein schreckliches Blutbad an.

Ich habe oft Gelegenheit gehabt die Bemerkung zu machen, dass es meistens üble Folgen hat, einem alten erfahrenen General Mangel an Mut vorzuwerfen. Wäre Gustav Horn durch die Vorwürfe des Barons und einiger anderer Generäle nicht in Harnisch gejagt worden, so bin ich sicher, es hätte 1000 Menschen weniger das Leben gekostet, denn als schon alles verloren war und viele Offiziere ihm rieten, sich mit den noch übrigen Regimentern zurückzuziehen, so konnte ihn doch nichts bewegen, nur einen Fußbreit zu weichen, sondern er bildete mit seinen Flanken eine Linie und empfing den Feind, der die übrigen verfolgte und bei ihm vorbei musste, mit einem so schrecklichen Feuer aus dem kleinen Gewehr, dass es dem Feinde außerordentlich viel Menschen kostete.

Die Kaiserlichen, die einmal beim Verfolgen

waren, ließen ihn unangegriffen, bis endlich die spanische Brigade anlangte und mit ihnen ins Handgemenge kam. Diese schlug er zwar sehr tapfer mit einem großen Blutbade zurück, und außer ihnen noch ein Korps Dragoner, als er aber endlich von allen Seiten verlassen wurde, und die meisten seiner Leute schon niedergehauen waren, wurde dieser alte brave General mit dem ganzen Rest zu Gefangenen gemacht.

Die Schweden erlitten hier einen schrecklichen Verlust, denn fast ihre ganze Infanterie wurde niedergehauen oder gefangen genommen. Gustav Horn schlug zu vier verschiedenen Malen den angebotenen Pardon aus, und alle diejenigen, welche einen Angriff auf ihn wagten, wurden durch seine Leute niedergemacht, welche nach dem Beispiel ihres Generals wie Furien und wütende Löwen fochten. Aber endlich war dieser kleine Überrest des tapfersten Heeres von der Welt gezwungen sich zu unterwerfen. Ich habe den General Horn oft sagen hören, er hätte lieber sterben als gefangen genommen werden wollen, und es dauerten ihn nur die vielen braven Soldaten, die um ihn herum gefallen wären, denn keiner von ihnen hätte ohne seine Einwilligung Pardon annehmen wollen.

Ich für meine Person hatte das schlimmste Los in diesem Treffen, das ich je in einem Gefecht gehabt habe, denn ich stand bei dem besten Korps Kavallerie, das je in Deutschland gewesen ist, und war doch nicht imstande den Unsrigen zur Hilfe zu eilen, deshalb war auch unsere Infanterie vor unsern Augen niedergehauen worden, denn das Gelände, wo wir aufmarschiert waren, war so beschaffen, dass wir nicht einmal einen Ausfall wagen konnten. Alles, was wir tun konnten, war ungefähr 2000 Mann Fußvolk zu retten, welche bei der Flucht des linken Flügels entkommen waren, sich unter unsere Eskadronen flüchteten und so mit uns abzogen.

Wir hielten anfänglich aus, bis wir alles verloren sahen, und nahmen alsdann den besten Rückzug, den wir nehmen konnten, um uns zu retten, ohne dass viele Regimenter zum Angriff gekommen wären oder nur einen Schuss getan hätten, denn die Infanterie hatte sich so sehr in die feindlichen Linien und Werke und in die Weingärten und Weinberge verirrt, dass die Reiterei schlechterdings nicht zu gebrauchen war.

Der Rheingraf hatte, um zu uns zu stoßen, einen so tüchtigen Marsch gemacht, dass er innerhalb drei Meilen von dem Schlachtfelde in der Nacht ankam und beinahe unser einziger Schutz wurde, unter welchem wir unsere zerstreuten Truppen wieder sammeln konnten, welche außerdem alle in die Hände des Feindes gefallen wären, der ihnen immer noch nachsetzte. Und wäre unsere Infanterie bei unserm Rückzuge, der in der größten Ordnung vor sich ging, nur um etwas beträchtlicher gewesen, so hätte sie wahrscheinlich dem Feinde vielen Schaden tun und den Sieg ganz auf unsere Seite ziehen können, denn unsere Kavallerie war noch vollzählig und beinahe ein großer Teil von ihnen nicht zum Angriff gekommen, und sie drangen nunmehr so heftig auf den nachsetzenden Feind ein, dass 1600 von ihnen, die allzu heftig beim Nachsetzen waren, den Tag darauf den Truppen des Rheingrafen entgegengetrieben und alle ohne Barmherzigkeit niedergehauen wurden.

Dies gab uns zwar einige Entschädigung, aber es war dessen ungeachtet mit dem Verlust, den wir an diesem Tage erlitten hatten, auf keine Weise zu vergleichen. Wir verloren nahe an 8000 Mann auf dem

Platze und über 3000 Gefangene, alle unsere Kanonen und Bagage und 120 Fahnen. Ich glaube nie in meinem Leben eine schlechtere Figur gemacht zu haben, und so dachten wir alle, die wir fliehen mussten und unsere Infanterie, unsern General, unsere Ehre verloren hatten und nicht wieder dafür fechten konnten.

Der Herzog Bernhard war wegen des alten Gustav Horn ganz untröstlich, denn er hielt ihn für tot, er raufte sich wie ein Wahnsinniger die Haare, erzählte dem Rheingrafen die Geschichte des Kriegsrates, machte sich selbst die heftigsten Vorwürfe, dass er nicht dessen Vorschläge befolgt, und rief öfters in seinem Kummer aus: Ich bin's gewesen, ich habe den tapfersten General in Deutschland getötet. Er nannte sich selbst einen Toren, ein Kind und dergleichen, dass er nicht den Gründen eines alten erfahrenen Helden Gehör gegeben hätte.

Als er aber hörte, dass Horn noch am Leben sei und sich nur in Feindeshänden befände, wurde er ruhiger, besann sich wieder, ließ neue Truppen anwerben und trieb die neuen Kriegsgeschäfte mit der größten Sorgfalt, und es dauerte auch nicht lange, bis er es den Kaiserlichen mit Zinsen zurückzahlte.

Ich wandte mich nach diesem Treffen, das am 17. August 1634 stattfand, nach Frankfurt a. M., aber die Fortschritte der Kaiserlichen waren so groß, dass man sich nicht sicher in Frankfurt aufhalten konnte. Der Kanzler Oxenstiern rückte nach Magdeburg, der Herzog Bernhard und der Rheingraf in das Elsass und die Kaiserlichen flohen in dem ganzen übrigen Feldzuge vor ihnen. Sie nahmen Philippsburg durch einen plötzlichen Überfall, Augsburg durch Hunger, Speyer und Trier durch Belagerung ein und den Kurfürsten von Trier gefangen.

Aber dieser Vorteil auf kaiserlicher Seite war den Schweden noch dadurch vorteilhaft, dass er die Franzosen auf ihre Seite brachte, denn der Kurfürst von Trier war ihr Bundesgenosse. Die Franzosen gaben den Oberbefehl dem Herzog Bernhard. Dieses brachte, ungeachtet der Herzog und Kurfürst von Sachsen bald abfiel und gegen die Schweden focht, die Wagschale so sehr auf die schwedische Seite, dass sie sich von ihrem Verlust wieder erholten und ganz Deutschland in Schrecken versetzten.

Die übrigen Erzählungen von den Begebenheiten dieses Krieges überlasse ich den Geschichtsbüchern über jene Zeit, welche ich seitdem mit großem Vergnügen gelesen habe. Ich gestehe, als ich die Kaiserlichen nach der Schlacht bei Nördlingen und den Herzog von Sachsen seine Waffen gegen die Schweden richten sah, glaubte ich, die Sache würde übel ablaufen; und da ich sie schon so gut als für verloren hielt, verließ ich Frankfurt, ging am Rhein bis nach Köln hinunter und von da nach Holland. Ich kam im Haag am 8. März 1635 an, nachdem ich drei und ein halbes Jahr in Deutschland und den größten Teil davon bei der schwedischen Armee zugebracht hatte.

Ich hielt mich noch einige Zeit in Holland auf, um die erstaunenswürdige Kunst zu besehen, die man in der Befestigung der Städte wahrnimmt, wo sogar Basteien auf grundlosen Morästen stehen und doch so fest sind, als nur eine in der Welt sein kann. Hier hatte ich Gelegenheit die niederländische Armee und ihren berühmten General den Prinzen Moriz, zu sehen.

Es ist wahr, die Soldaten hielten sich in den Kämpfen vortrefflich, wenn sie dazu kamen, aber die Methode des Prinzen seine Feinde zu schlagen, ohne sich mit ihnen in ein Gefecht einzulassen, stimmte so wenig mit der Tapferkeit meines königlichen Lehrmeisters Gustav Adolf überein, dass ich ganz und gar keinen Geschmack daran finden konnte.

Gustav Adolfs Gewohnheit war immer den Feind aufzusuchen und ihm ein Treffen zu liefern, und man muss den Kaiserlichen die Gerechtigkeit widerfahren lassen, dass sie selten schwer zu finden waren und dass sie ebenso wenig ihre Haut schonten wie wir.

Prinz Moriz hingegen blieb lieber in seinem Lager liegen, auch wenn der Hunger die Hälfte seiner Leute aufgerieben hätte, wenn er nur dadurch zwei Drittel der Feinde aushungern konnte, sodass der Krieg in Holland mit mehr Strapazen und Gefahren verbunden war, wir aber in dem unsrigen mehr Schlachten und Schläge auszustehen hatten. Beschleunigte Märsche, lange und ungesunde Lager, Winterstreifzüge, Rückmärsche, häufige Verlegungen des Lagers, Verschanzungen, Hunger, Kälte und Krankheiten rafften ihm mehr Truppen weg, als er in dem blutigsten Treffen hätte verlieren können.

Und dies alles erforderte aufseiten seiner Leute, ich will nicht sagen gleichen Mut wie bei den unsrigen, sondern sogar mehr, denn ein Soldat will lieber im Felde durch eine Musketenkugel sterben als in den Feldlagern verhungern und erfrieren.

Ich will hierdurch auf keine Weise den großen Namen dieses Prinzen schmälern, denn es ist bewiesen, dass er die Spanier weit mehr dadurch zugrunde richtete, dass er den Krieg in die Länge zog, als es durch schnelle Eroberungen möglich gewesen wäre. Denn hätte er gleich einem Gustav Adolf durch eine Reihe von schnellen Eroberungen die Spanier in fünf Jahren aus allen möglichen Provinzen vertrieben, da er doch 40 Jahre zubrachte, um sie aus nur sieben zu vertreiben, so hätte er sie doch reich und stark genug nach Hause kehren lassen, und er wäre in einer beständigen Furcht gewesen, dass sie mit einer stärkeren Macht zurückkehren würden.

Aber durch die längere Fortsetzung dieses Krieges demütigte er den Mut der spanischen Monarchie so sehr und machte sie so gänzlich und auf so unwiederbringliche Weise arm, dass sie sich seitdem nie wieder davon erholen konnten, und schließlich von der mächtigsten Nation in der Welt zu der verächtlichsten herabsanken.

Der ungeheure Verlust, den der König von Spanien außer den sieben Provinzen erlitt, drückte auf den Mut der Nation in solchem Grade, dass alle Reichtümer der peruanischen Gebirge niemals imstande waren ihn wieder zu ersetzen.

Doch dem sei wie ihm wolle, die Methode, wie in Holland Krieg geführt wurde, wollte mir schlechterdings nicht gefallen. Vielleicht irre ich mich, aber ich stelle mir immer meinen Helden, den König von Schweden, vor, welcher es gewiss, den Degen in der Hand, in der halben Zeit in seine Gewalt bekommen hätte.

Doch ich lasse das alles dahingestellt und gestehe nur, dass es mir nicht gefallen wollte. Ich reiste am Ende des Jahres wieder nach dem Haag zurück, schiffte mich nach England ein, wo ich bald darauf zur größten Freude meines Vaters und meiner Freunde glücklich ankam.

Mein Vater war damals gerade in London und stellte mich Sr. Majestät dem Könige vor. Se. Majestät schien sehr vergnügt zu sein mich wieder zu sehen und sagte meinem Vater außerordentlich viel Verbindliches zu meinem Lobe.